AF873204

M

Antonio Dikele Distefano

Tarde o temprano nos abrazaremos

#NosAbrazaremos

Traducción de **Helena Aguilà Ruzola**

ellas.
montena

El papel utilizado para la impresión de este libro ha sido fabricado a partir de madera procedente de bosques y plantaciones gestionadas con los más altos estándares ambientales, garantizando una explotación de los recursos sostenible con el medio ambiente y beneficiosa para las personas. Por este motivo, Greenpeace acredita que este libro cumple los requisitos ambientales y sociales necesarios para ser considerado un libro «amigo de los bosques». El proyecto «Libros amigos de los bosques» promueve la conservación y el uso sostenible de los bosques, en especial de los Bosques Primarios, los últimos bosques vírgenes del planeta.

Papel certificado por el Forest Stewardship Council®

FSC
www.fsc.org
MIXTO
Papel procedente de fuentes responsables
FSC® C117695

Título original: *Prima o poi ci abbracceremo*

Primera edición: enero de 2017

© 2016, Mondadori Libri S.p.A., Milano
© 2017, Penguin Random House Grupo Editorial, S. A. U.
Travessera de Gràcia, 47-49. 08021 Barcelona
© 2017, Helena Aguilà Ruzola, por la traducción

Penguin Random House Grupo Editorial apoya la protección del *copyright*. El *copyright* estimula la creatividad, defiende la diversidad en el ámbito de las ideas y el conocimiento, promueve la libre expresión y favorece una cultura viva. Gracias por comprar una edición autorizada de este libro y por respetar las leyes del *copyright* al no reproducir, escanear ni distribuir ninguna parte de esta obra por ningún medio sin permiso. Al hacerlo está respaldando a los autores y permitiendo que PRHGE continúe publicando libros para todos los lectores. Diríjase a CEDRO (Centro Español de Derechos Reprográficos, http://www.cedro.org) si necesita fotocopiar o escanear algún fragmento de esta obra.

Printed in Spain – Impreso en España

ISBN: 978-84-9043-723-0
Depósito legal: B-19.806-2016

Compuesto en Compaginem Llibres, S. L.

Impreso en Cayfosa
Santa Perpètua de Mogoda (Barcelona)

GT 3 7 2 3 0

Penguin
Random House
Grupo Editorial

A mi familia
A los que no tienen madre
A mi madre

Creo que en esta vida todos pueden pedir más,
pero no lo hacen porque temen morir así.

RINO GAETANO

L’histoire de mon peuple est triste.

BOOBA

DAUGHTER, «YOUR KISSES» ▶ **PLAY**

2 DE OCTUBRE

Regional rápido 2122
Coche 2 plaza 64
Tengo las manos libres
Una mochila ligera en los hombros
y una cosa para ti

Yo decía muchas cosas en broma, para hacerte reír: «Si te diplomas con más de un 9, nos vamos a la playa y si te apetece, nos quedamos toda la noche mirando las estrellas». Tú te lo tomabas en serio. Saliste del instituto que tanto odiabas con un 9,1. Aquella mañana, a la primera persona que llamaste fue a mí. Yo ni siquiera recordaba haber pronunciado esas palabras, pero tú esperabas que cumpliera mi promesa.

Luego ya no hablamos más

Voy en tren hacia Milán.

Llegaré dentro de un par de horas.

El regional es el transporte más barato para ir a verte a esta hora.

Hace un año que no te dejas ver. Cuando vuelves a provincias, evitas las plazas donde puedas encontrarte conmigo.

He pasado un año estancado en el mismo error.

De besos en la frente y amistades descoloridas con las que hablaba de ti.

Me he sentido mal y supongo que tú nunca te lo has preguntado.

La última vez que nos vimos, apartaste la mirada y fingiste no verme.

Yo también la aparté.

Por un instante, temí lo que pudiera suceder.

Me miraste lo suficiente. Igual que las otras veces desde que te dejé.

El problema no fue dejarlo, sino dejarse llevar después.

No fue salir, sino salir de aquello.

El problema es quién está dentro de ti, quién te echa en cara que respires en cuanto te asomas fuera. Quién te recuerda que la felicidad está sobrevalorada, porque en realidad solo dura un instante.

Yo lo entendí mientras tú ibas diciendo por ahí que no sentías nada por nosotros, cuando en el fondo sentías rencor hacia mí.

Hacías una lista de las cosas que no querías soportar e incluías mi nombre.

«Me vale todo, siempre que no sea como Enrico.»

Aquella noche creí que mentías.

Que por pura prevención contestaste «Sí, yo también» a mi mensaje «Tengo que hablar contigo», porque no querías parecer incómoda.

«Diez minutos y estoy ahí. Baja, así no llamo.»

Y con tu política de «Lo leo y ya contestaré más tarde», me dejaste con la incógnita una vez más.

Estabas debajo de tu casa.

Yo volvía del trabajo y decidí ir a buscarte sin pasar por casa. Me esperabas sentada en el capó de un coche. Mirabas la ventana de tu habitación, fumabas.

En cuanto me veías, apagabas los cigarrillos, los tirabas al suelo y venías hacia mí.

Aquel día no, te lo fumaste hasta el filtro, en señal de desafío.

Me mirabas a los ojos mientras yo repetía mentalmente las frases que me había preparado la noche anterior.

Y pensar que mientras estuvimos juntos sin fallarnos, ciertas cosas no nos asustaban en absoluto.

Desde aquel día, no hemos vuelto a hablar, solo nos hemos dicho cosas, sin contarnos nada.

No ha habido un después.

Lo nuestro era una batalla perdida, como el usted en vez del tú.

—Hemos terminado, no podemos seguir así —te dije—. Por mucho que lo creas, no eres mejor que yo.

—Iba a decirte lo mismo —replicaste sin vacilar cruzándote de brazos—. Últimamente no eres tú. Y ahórrate tus frases de mierda, porque ya no me creo nada.

Parecías sincera y te fuiste porque no tenías nada más que decirme. Me dejaste en la entrada, como las primeras veces que te acompañaba a casa.

Luego ya no hablamos más, luego empezaste a fumarte los cigarrillos hasta el filtro cuando me veías.

Tú para mí ya no eres nadie

La última vez que te vi fue el 15 de agosto.

Estábamos en la playa. Con distintas compañías y a una distancia prudencial.

Con bastante ropa, porque aquí todos los años llueve ese día.

No sé qué hora era, pero era de noche.

Entre ruidos de sonrisas espontáneas de los que llevaban tiempo sin verse, hogueras, el aliento del mar, el olor a quemado y los silencios contrarios entre tiendas mal montadas, yo esperaba encontrarte allí, en medio de esas caras que en septiembre cogerían la autopista y se irían.

Cuando empieza el frío, todos huyen de aquí.

Vuelven a casa desde el mar y el mar no es la casa de nadie.

Septiembre es como una porra: dispersa multitudes.

En invierno, el mar se come la arena y los veraneantes van a pasear a otros sitios.

Regresan a sus ciudades, a sus vidas, a sus uniformes y roles, donde es posible imaginar las playas en invierno.

Donde pueden decir que es bonito y les gustaría estar allí.

Aquí no es posible.

Porque el viento te recuerda la presencia del mar, aunque no vayas a verlo.

Te recuerda lo triste que es sin gente.

Rodeado de arena y desesperación.

Esa fue la última vez que te vi. Luego te fuiste sin decir nada.

Me enteré por Facebook de que te habías trasladado a Milán porque aquí te ahogabas.

Tú, que solías decir «Lo malo de las redes sociales es que nos pasamos la vida demostrando que tenemos una vida. Pero la vida no es Facebook, tenemos que aspirar a ser para unos pocos».

—¿Irene no te ha dicho nada? —me preguntó tu hermana cuando me la encontré—. Ahora vive en Milán con Manuel. Lleva dos semanas allí.

Al leer en mi mirada que no me habías hablado del tema, me puso una mano en el hombro, como si quisiera disculparse.

Era como si el centro del mundo se hubiera desplazado contigo.

Es como si el centro del mundo se hubiera desplazado contigo.

Milán extirpa los afectos importantes, te escribí comentando en Instagram una foto de hace unos años de forma que solo lo leyeras tú.

Pero no me contestaste.

Cuando subía una foto, después de escribir un comentario, debajo del botón COMPARTIR siempre buscaba la opción CONTIGO, pero no estaba. Entonces clicaba en Facebook, como hace todo el mundo, y pensaba «Igual lo ve», pero olvidaba que no estabas entre mis amigos y que a lo mejor nunca lo habíamos sido.

Los amigos te escuchan, por mucho que te griten.

Tú me gritabas «¡Te estoy escuchando!».

No es que te eche de menos, es que soy yo quien no está. Soy tan raro que sonreí cuando un día me escribiste «Tú para mí ya no eres nadie».

Porque cuando me escribías «No estoy para nadie» era como si «Nadie» fuera el nombre que me dabas en los momentos más duros.

Somos consecuencias

Estabas allí y te distinguías perfectamente.

Aquel 15 de agosto te sorprendiste al verme, porque creías que me había quedado encerrado en casa.

Creías que estaba en mi habitación viendo una película, o en la cocina hablando con mi padre de lo distinto que soy a los otros chicos.

Él a mi edad era lo contrario de mí.

Rodeado de apretones de mano enérgicos, partidos de fútbol y bares donde se hacía cola para entrar.

Se enamoraba y olvidaba con la luz del sol.

El Sampdoria era su única pasión.

Cuando papá me contaba sus experiencias para compararse conmigo en la mesa, tú le dabas la razón y eso me molestaba.

No me gustaban esas bromas.

Delante de él, hablabas de mí como se habla de los chicos que no disfrutan de la vida.

Mi padre no te caía bien, pero le seguías el juego.

Yo hacía como que me reía cuando me regañabais. Papá siempre ha sido un hombre serio y severo conmigo, de pocas palabras, nunca un «Muy bien», nunca un «Te quiero», nunca un «El domingo no quedes con nadie, que saldremos tú y yo», siempre y solo «Puedes hacerlo mejor».

Papá me debe infinidad de miradas, muchos «Me he equivocado yo», muchos «Por favor».

Nuestra convivencia siempre ha sido silenciosa, hecha de equilibrios precarios, de llegar a casa y acabar un tema igual que empezó.

No sé cómo debo comportarme con él, sus respuestas breves y su mirada, que no se aparta de la televisión mientras hablo, nunca me han ayudado a acercarme.

Es raro que le cueste tanto entenderte a quien te ha traído al mundo.

Los días de fiesta cambiaba un poco.

Con la complicidad del alcohol.

Insinuaba alguna sonrisa, alguna frase de afecto, alguna palmada en el hombro. Y yo me sentía incómodo, porque nuestra relación era incierta como las sonrisas en las fotos de clase.

No conozco el calor de su cuerpo.

Los hombres no se tocan.

Me ha educado así.

Con miradas de desaprobación y silencios que significaban «Vete a tu cuarto».

A pesar de todo, nunca he sentido rencor, solo afecto. Incluso cuando me pedía indirectamente que fuera mejor que él delante de los demás.

Incluso cuando creía que para hacer de padre bastaba con cortarme una manzana.

Hay que escuchar a las personas cuando están en silencio,

hay que mirarlas cuando duermen, ayudarlas cuando se sienten invencibles.

En mi adolescencia nunca lo comprendí, nunca lo aprendí de ese hombre que me buscaba sin saber que yo fingía dormir.

Luego dejó de hacerlo.

Había crecido y, según sus esquemas, ya no necesitaba atenciones.

«Construir muros en tiempo de lluvia no ayuda al sol», decía mi tía.

Hay personas que son así a causa de otras, porque las montañas cambian de forma al perder trozos, el agua excava la roca en las estaciones, durante los inviernos lejos del mar.

La materia se convierte en más materia.

Somos consecuencias.

Hay personas que lloran por ti delante de nadie y que por nadie han llorado delante de ti, que te cambian la vida para siempre y ahora están.

Hay parques, balcones, edificios que solo vemos después de mirar alrededor y de pasar por allí durante mucho tiempo. Y mientras releo nuestros mensajes me doy cuenta de que nunca te he escuchado.

Creía que era tan arisco contigo porque me parecía a mi padre.

De tal palo...

Pero él quiso a mamá sin piedad mientras pudo.

Después llegué yo y no sé qué cambió, nunca me lo dijeron.

Nunca lo pregunté.

Como esa frase que dice «Para llegar a un corazón que ha sufrido, se necesita el doble del amor que has perdido». Yo creo que es mentira. Porque he encontrado muchas estaciones de autobús, provincias, manos y personas después de ti, y te juro que habría tenido suficiente con la mitad de lo que me diste y me quitaste. En cambio, desafío a cualquiera a amarte dos veces más que yo.

Ya no recuerdas cómo te observaba mientras te mirabas al espejo, mientras intentaba mear en el lavabo del tren, con lo difícil que era mantener el equilibrio.

Y pensaba que ese lugar se parecía muchísimo a nuestras vidas.

Porque era para uno, pero lo ocupábamos dos.

—¿Por qué me miras? —le preguntaste a mi imagen reflejada en el espejo.

—Sería una lástima no verte —contesté.

Tenías grandes proyectos y las manos pequeñas

Aquella noche no esperabas encontrarme en la playa, porque detesto el mar, y siempre te lo repetía cuando me pedías que te acompañara para no quedarte sola.

Los novios de tus amigas las esperaban allí.

Me lo decías como si yo nunca te hubiera esperado.

Cuando no había hecho otra cosa antes de que aparecieras en mi vida.

Yo quería una historia diferente, nada más.

Donde nadie se espera.

Donde «¿Quedamos?» es «Quedamos».

Aquella noche me miraste un instante y luego seguiste hablando.

Volviéndote despacio.

Querías demostrar que vuestra conversación era más importante que yo.

Estabas distinta, pero las mentiras seguían siendo las mismas.

Yo enseguida sabía cuándo mentías e intentabas evitar a alguien.

Mi madre siempre decía que el mar es fascinante y está lleno de significados.

Cuando podía, ella siempre iba a verlo.

El olor a algas, las huellas de los pies en la arena, tú.

La primera vez que fuimos a la playa juntos, bajamos en la primera parada.

Tú llevabas el pelo tan corto que se te veían las orejas, nuestras mochilas eran demasiado grandes y nuestros pasos se hundían en la arena.

Corrías, al final acabaste en el suelo y soltaste una gran carcajada, con las manos en el estómago y tu corazón en el lugar del mío.

Hacía demasiado calor para estar en abril, eras tan feliz que mirabas hacia atrás para ver si dejabas marcas, porque te sentías liviana.

No fuimos a clase y cogimos el autobús, en verano no está tan desolado.

Nos sentamos al fondo. Detrás del cristal, los paisajes se comían los edificios. Te reías.

Tu sonrisa era lo bastante fuerte para protegerte.

Tenías grandes proyectos y las manos pequeñas.

Yo no sentía el peso de la ambición.

Cuando tienes lo que quieres ahora, el mañana no te importa.

Estábamos solos en aquella playa, a excepción de algún transeúnte con el perro y de unos operarios que reparaban los postes de la luz dañados por las ráfagas de viento.

El tiempo se había puesto en nuestra contra y nos parecía bien, porque no pasaba nunca.

—Volveremos, ¿a que sí? —me preguntaste antes de subir al autobús apartándote el cabello de la frente.

Teníamos que regresar a casa temprano para fingir que volvíamos del instituto.

—Sí. Si sacas más de un nueve, nos quedaremos a ver las estrellas.

Si dos quieren estar juntos, lo consiguen

—¿Diga? —contesté con una voz llena de sueño.

—Eh, ¿estás durmiendo?

Eran las nueve y media de una mañana de verano. Por teléfono parecías nerviosa, te costaba respirar.

—Son las nueve de la mañana, y sí, estoy durmiendo. Pero dime.

—Estoy en la puerta del instituto. He venido a ver las notas y he sacado un nueve con uno, Enri, he sacado un nueve con uno. No me lo puedo creer. He sacado un nueve con uno.

Estabas llorando, eras feliz, lo primero que hiciste fue llamarme a mí.

Y yo no lo olvido, siempre has sido tú la que me ha olvidado.

Como ahora, que estoy en el tren para ir a verte y tú no lo sabes. No estás pensando en mí, ni estás recordando esos momentos, por eso te los quiero ofrecer. Llevo nuestra historia escrita en la piel. La veo cada vez que me miro al espejo.

Y tú, ¿cuándo fue la última vez que me miraste de verdad?

Pongamos que mañana, cuando llegue a Milán y te vea, cogemos el tren y volvemos a la playa.

Vamos a Génova.

Pongamos que nos tomamos un descanso, como tú decías.

Una tregua sin dolor.

Pongamos que no te echo de menos y que tú piensas en mí sin que nadie te pregunte por mí.

Pongamos que duermo por las noches; que cuando vas, vuelves; que separamos los sentimientos del polvo, como hacemos al dejar los zapatos en la entrada para no estropear el parquet.

Al menos por una vez, pongamos que quien ama se queda, y no que quien ama se queda solo.

Que todavía estarás esperándome debajo de casa, con el cigarrillo en la mano, sin encenderlo porque sabes que me molesta.

Pongamos que, aunque todo parezca igual que siempre, tú estarás distinta, que mañana yo olvidaré tus errores y tú, mis defectos.

Cambiamos nuestros sistemas, no los sentimientos.

Pongamos que no tenemos que hacer las paces, porque nunca ha habido guerra.

Que nunca ha habido nada.

Pongamos que nos marchamos de esta ciudad como dos desconocidos, dos que no se conocen, encerrados en el mismo habitáculo, que si no te gusto y no soy lo que quieres, puedes mandarme a la mierda, total, yo no te amo.

Pongamos que todo es así, ¿vale?

Nunca hemos sido capaces de definirnos.

Un día amigos, al día siguiente novios.

Volvía a casa por la noche y me escribías que empezábamos de cero, que necesitabas tiempo.

De nuevo amigos.

Pero no había nada nuevo.

Yo trataba de soportarlo todo sin estallar en lágrimas.

A veces me armaba de valor y contestaba a esos mensajes pidiéndote que me dejaras en paz, sabiendo que sin ti no sabía existir y también que era necesario seguir adelante.

Que nadie se muere cuando deciden sustituirlo.

Ningún árbitro se metía en medio para separarnos cuando podíamos hacernos mucho daño.

Lo que se metía en medio era la vida, con los codos hacia arriba y los mañanas inciertos.

Hoy he dejado de creer en quien pide tiempo para pensar, en quien da a entender y no se expresa claramente.

En quien te quiere, pero también quiere estar solo.

No le permitiré nunca más a nadie que me deje de lado, como si yo fuera un objeto estropeado, para luego retomarme con besos a traición y mensajes a la una de la madrugada, porque solo hay una verdad: si dos quieren estar juntos, lo consiguen.

«Tengo miedo, miedo de no querer esto, simplemente porque no me quiero yo. No es culpa tuya, pero necesito tiempo para averiguar qué es lo mejor para mí. Perdóname, Enri. Nos escribimos pronto.»

2 DE OCTUBRE

Regional rápido 2122
Coche 2 plaza 64
Retraso: 5 min.

A primera hora de la tarde siempre íbamos al estanco. Comprabas cigarrillos por la mañana y después de comer te quedaban pocos. Decías que te llenaban el estómago.

—El día que lo deje, me habré curado.

Yo no entendía todo lo que me decías.

Winston Blue

El tren aún no ha salido.

Lleva unos minutos de retraso y está parado en las vías.

Seguramente se llenará, porque hay cola para subir y muchos, algo impacientes y con el billete en la mano, le están preguntando al revisor si es el tren que deben coger.

Como niños alrededor de la maestra el día de la excursión, antes de salir.

Cuando era niño, no me gustaban las excursiones.

Ponernos en fila, hacer esperar a los coches, nosotros en el paso de peatones.

No poder movernos.

Ver algo que te gusta y no poder pararte.

No poder tocarlo.

Como aquel 15 de agosto.

Creo que perder el tren es uno de los grandes miedos del ser humano. Reaccionamos como si no fueran a pasar más trenes, quizá por culpa de todas esas metáforas sobre la vida que, francamente, a mí también me condicionan mucho.

Alguien aprovecha el retraso para bajar a fumar.

Yo me quedo en mi sitio y lo inspecciono todo desde la ventanilla.

Tengo pocos cigarrillos.

Mejor así.

Mejor que me quede aquí.

Tengo que dejar de fumar.

Tarde o temprano.

Tú decías que lo dejarías cuando te quedaras embarazada, y que si tenías el hijo conmigo, yo también tendría que dejarlo, porque el olor queda en las paredes y llega un momento en la vida en que es mejor oler bien que oler a humo.

Me habría gustado que nuestra hija se llamara «Serás».

Verbo «ser».

Hablabas de cómo decorarías esa casa nuestra que te pasabas el día imaginando.

En las casas de los demás, lo mirabas todo con curiosidad y te apropiabas con la imaginación de muebles que luego debían ir a parar a nuestro piso.

Con la ducha en medio del dormitorio y las fotografías gigantes de nuestras manos tocándose en el salón.

Querías las paredes llenas de poemas y frases robadas de las canciones. Decías que, como ninguno de los dos sabía cocinar, no necesitaríamos cocina, porque comeríamos siempre fuera, y que compraríamos el piso en el centro histórico.

Querías ser doctora. Yo no lo sé, pero quería ser algo. Los primeros meses después de terminar el instituto hablábamos mucho de ello.

Quería cogerme un año sabático y tú decías que los años no te los devuelven, que me arrepentiría y que decepcionaría a mi madre.

—Si me quedo embarazada, dejaré de fumar.

Jugabas con el paquete vacío y te colgabas de los labios el último cigarrillo apagado.

—Lo dices porque hoy te estás pasando, debe de ser el sexto que te fumas —te dije mirando el paquete que estabas arrugando.

—Tienes razón, este es el último.

—¿Hablas del cigarrillo o de nuestro amor?

Con un gesto rápido, tiraste lejos lo que quedaba del paquete. Sonreías y se te estaba a punto de caer el cigarrillo de los labios.

—Qué estúpido eres.

Yo me fumé el primer cigarrillo sin aspirar el humo en la puerta del instituto, por curiosidad. Nadie me convenció. Le pedí a un compañero de clase que estaba fumando que me diera una calada.

Marlboro Light.

El sabor no me gustó. La verdad es que me dio un poco de asco, pero todos fumaban y quería saber por qué. Muchos tosían. Se les ponía una voz nasal.

Durante una semana, cada día le pedía una calada a mi compañero.

—Igual es mejor que te compres un paquete —me sugirió un día, en tono de estar harto.

Y, sin enormes sentimientos de culpa, lo hice. Le ofrecí uno.

Winston Blue.

Elegí esa marca porque eran los cigarrillos que fumaba mi madre y porque los compré con su tarjeta sanitaria. Tenía quince años, me fumaba tres a la semana.

—Has empezado a fumar —me dijo mamá un día cuando volví del instituto.

Estaba en la cocina y sus palabras llegaron hasta mi cuarto.

—¿Cómo lo sabes? —contesté intentando mantener la voz firme.

—He encontrado colillas en el jardín y más de un encendedor en tu habitación. No es que hayas tenido mucho cuidado.

—Ya, bueno... pues sí.

—Si se entera tu padre, te mata.

—A él le importa un pito lo que yo haga —repliqué antes de que acabara de hablar.

Pero a mí sí me importaba lo que tú hacías, por eso siempre te estaba observando.

Como cuando hacíamos la compra con el dinero contado y los dependientes miraban con desconfianza nuestras mochilas.

Decías «Hola», pero la mayoría de las personas iba a lo suyo.

Íbamos a por compresas, patatas fritas de cincuenta y nueve céntimos y cervezas Moretti de treinta y tres centilitros, aunque casi nunca había.

Yo siempre tardaba un poco en encontrar la sección de bebidas.

Tú entrabas e ibas rápido.

Eras tan bonita de espaldas...

Pagabas tú. Olvidabas adrede el tíquet delante de la caja y subíamos al coche.

Conducía yo.

Cuando me saqué el carnet, te escribí que había suspendido y tú contestaste «Me lo esperaba».

Me presenté debajo de tu casa en coche la misma noche. Subiste diciendo «Te esperaba».

Sacabas el paquete de Winston y no hablabas, con la ventanilla semiabierta, un brazo fuera y la mirada puesta en los coches que nos adelantaban.

Yo pensaba que, a fin de cuentas, tú serías una decisión acertada, aunque luego acabaría sintiéndome tan inútil como las frases escritas en los paquetes de tabaco.

Te atraía enérgicamente hacia mí para abrazarte y sonreías oculta en la cazadora roja con la que afrontabas la vida.

Antes de conocerte, yo nunca había dado un paso adelante si no era necesario.

Había dado no pocos besos por ahí, convencido de que luego me amarían. Y cuando rozaste mis labios por primera vez, me sentí raro, quizá porque ya te amaba.

La vida es así, te enamoras sin darte cuenta.

En cambio, te das cuenta de que los grupos de alumnos de WhatsApp no sirven para una mierda y de que votar una vez cada cuatro años no es nada democrático.

Y nosotros dejamos de vernos porque las cosas que no sirven para nada se olvidan.

Como la tarjeta electoral.

Tú siempre ibas a votar, aunque te equivocaras.

No hubo más explicaciones delante de tu casa. Tu padre te llamaba y tu madre lo llamaba a él porque, si no, la cena se enfriaba.

Importa poco que ames a otro, importa mucho si no me amas a mí.

La persona ideal no es la que tapa agujeros, sino la que los crea.

Lo que echas en falta solo lo colmas con lo que echas en falta.

Besarte antes de que te fueras y tardar veinte minutos en escribirte que me iba a acostar y me sentía feliz.

Que cuando me dejabas y luego volvía a verte me parecía mucho a las bibliotecas, donde hay ríos de palabras y la única ley vigente es el silencio.

Te decía «Ámame» y pensaba «Ama lo que puedas». Me decías «Ámame» y quizá pensaras «Ámame todo lo que puedas».

Me decías «Si un día esto acabara, lo perdería todo» y yo contestaba «No ocurrirá» mientras pensaba «Si un día acabara, además de perderlo todo, me perdería a mí mismo».

Sonreías y volvías a fumar tus Winston.

El amor habla en voz baja

En el tren hay muchas familias del sur que regresan de sus vacaciones. Lo sé por su forma de hablar. Muchos tienen el mismo acento. Habrán cogido el tren en Salerno, o más abajo. Paola, quizá.

Paola es una ciudad. Pasamos por allí cuando nos dirigíamos a Scalea.

—¿Paola? Menudo nombre, ¿no? —te reías en voz alta, sin poder contenerte.

Muchos pasajeros te miraban. Yo no sabía qué decirte, también me reía. Te puse una mano en la boca y te supliqué que pararas.

Cada vez que me acuerdo, siento cuánto te echo de menos.

Cuando me escribías «Te echo un poco de menos», me hacías pensar en el río.

«Yo a ti un poco más», contestaba, y seguía pensando en el río.

Me abrazabas y pensaba «Quédate». Me dejabas y pensaba «Sálvame».

Te habría llevado a esperar a quien no vuelve para estar siempre juntos.

Te ibas con el móvil y con los ojos tristes. Para ocultarlos ante los demás, ponías una mirada hosca.

Las personas te preguntaban «¿Por qué me miras mal?» y tú te disculpabas por algo que no habías hecho diciendo «Miro así a todo el mundo». Pero no mirabas a *todo el mundo*; si no, nos habríamos visto antes; si no, me habrías visto ahora.

Hoy corto las conversaciones diciendo «Lo dejamos» con el mismo tono que emplea quien dice «El mar está sucio», cuando la verdad es que «Hemos ensuciado el mar».

Hoy vives como si no me hubieras vivido nunca.

Yo te llamaré cuando entienda realmente que no «Lo dejamos», sino que «Ensuciamos el mar».

Me preguntarás «¿Cómo estás?» y te contestaré «Un poco».

Y pensarás que aún tengo sobredosis de ti, pero no será así, porque habrá un río de por medio.

Creí que un chico se te llevaría, pero no, el orgullo te cogió de la chaqueta y te gritó «¡Ven conmigo!».

Y para ti tenía razón quien más levantaba la voz.

Y le diste la razón a quien levantó más la voz.

Pero el amor habla en voz baja, llega y ni siquiera te das cuenta. Y se va de la misma manera. Te vuelves y piensas «¿Dónde está?».

No puedo dormir cuando el tren se mueve, hace mucho ruido y, además, soy muy desconfiado.

Llevo el billete y he comprobado mil veces que está validado, pero siempre me pongo nervioso cuando se acerca el revisor.

Releo continuamente el mensaje que me escribió anteayer tu hermana, como si temiera que se borrase por error: «Cuando llegues a Milano Centrale, coge la línea verde de metro y baja en la estación de Lambrate; desde allí hay cinco minutos a pie hasta casa. Cuídate y buena suerte. P. D. Mantenme informada».

Lucia y yo tenemos buena relación, de vez en cuando me escribe. Y siempre que me ve, me sonríe.

Una sonrisa de las que sonríen.

Al principio no le caía muy bien. Te decía que yo era un pringado, que solo pensaba en fumar. Me miraba mal y solo me saludaba por educación. Ahora, siempre que nos encontramos, se para a hablar y me presenta a sus amigos como el ex de su hermana.

Yo siempre me siento un poco cohibido al cruzarme con ella. Finjo que llevo prisa para no abordar el tema Irene. La abrazo y le pongo una mano en la espalda. Le digo que te dé recuerdos, pero sé que no lo hará y ella sabe que en realidad no quiero que lo haga. Me conoce lo bastante para comprenderlo.

Milán es una ciudad que no me llama mucho, como todas las ciudades donde no tengo amigos. Todos me han dicho que me gustará, pero no me fío, porque son las mismas personas que, poco después de que cortáramos, me dijeron que eso me haría más fuerte.

Solo voy a llevarte algo, después me marcho.

No es gran cosa.

No es un regalo, no sabría definir qué puede ser para ti lo que hay en este sobre.

Nunca se me han dado bien los regalos.

Cuando te compraba un vestido, me decías «Gracias, pero la próxima vez vamos juntos».

Yo sonreía con amargura.

Como sé que nos veremos poco rato, elegiré con cuidado las palabras, te lo prometo.

Si te hubiese llamado, sé que al otro lado solo me habría respondido un largo silencio, y no me apetece, la verdad.

Ya tengo bastante con mi padre.

Alguien dijo que escribir era como hablar sin interrupciones.

Y tú, si hubieras tenido que escuchar mis palabras, seguro que me habrías interrumpido, porque nunca estabas de acuerdo con lo que yo decía.

Mi padre y mi tía te mandan recuerdos.

Ellos creen que tenemos buena relación y yo dejo que lo crean.

Solo saben que te fuiste por el tema de los estudios.

No se imaginan que voy a verte sin que tú lo sepas.

Ellos creen que soy feliz.

Yo creo que los felices son ellos.

No lo sabes, pero pienso mucho en las promesas que hice dejándome llevar por el entusiasmo y que no supe cumplir. En las veces que te escribí que te sacaría de aquí y luego no cambió nada.

No es cierto que las palabras no son nada, porque cuando me dijiste «Adiós» llegué a unos mínimos históricos.

Entrenabas tu autoestima fotografiando con el móvil los instantes en que sonreías mientras se te partía el corazón. Siempre lo llevabas en reserva, como mi FIAT Punto.

Estábamos tendidos en la cama, con las manos debajo de la almohada.

—¿Puedo preguntarte algo?

—¿Desde cuándo me preguntas si puedes preguntarme algo? —respondiste en tono curioso, mirándome—. Claro que sí.

—Cuando discutimos y me escribes «Es demasiado tarde», ¿quién establece qué hora es?

Éramos como un puzle y, un momento antes del final, nos dábamos cuenta de que faltaba una pieza, de que faltabas ya hacía tiempo. Y, con las palmas de las manos abiertas y las rodillas en el suelo, buscábamos algo que no iba a devolvernos el tiempo que habíamos desperdiciado persiguiéndonos y reprochándonos los grados de resignación.

Nos faltaba algo que no nos correspondía, porque la felicidad no es un derecho, porque sentir algo no significa haberlo intentado, y los trenes llegaban puntuales y tú ya estabas en otra parte, aunque no te hubieras ido.

Estar juntos solo duele cuando te importa, cuando los sentimientos son como ventanas desde las que no se ve bien el cielo.

Fuimos un cemento único por poco tiempo, brazos cruzados que protegían del frío, pero seguíamos temblando y las certezas fueron cayendo como hojas.

Sufrir hasta dejar de mirarte a los ojos para evitar que respondieran a mis silenciosos «¿Aún me quieres?».

Tú cambiabas la imagen del perfil, pero no contestabas a mis mensajes de Facebook del día anterior. Yo volvía a escribirte al día siguiente presentando una batalla perdida de antemano.

No tendría que haber sido así.

Eres muchas piezas que no sé unir.

Te deseo un lugar cerca de Syd Barrett en el paraíso, que puedas rehacer tu vida en un sitio que no sea mi corazón. Es muy cierto que el amor se hace entre dos: uno hace y el otro destruye.

Nos dijimos sin decírnoslo que prescindiríamos de esas soledades nuestras que habían intentado salvarse con relaciones amenazadoras.

Nos prometimos sin decírnoslo que construiríamos un espacio donde el amor fuese una alternativa, no un componente de la esencia. Un lugar donde bastaría no hacerse daño para estar bien.

—Llámame siempre que me necesites —te dije—, ven a buscarme cuando pueda hacer algo, aunque no sea capaz de hacerlo. Despiértame como si el mundo te perteneciera y prométeme que serás feliz, que tu belleza les quitará el hipo a todos los que te han desaprovechado.

En París la primavera no existe

La máquina automática de billetes me ha asignado la plaza 64, la de en medio, y no tengo ningún enchufe cerca.

Es culpa mía. Cuando me ha preguntado si quería elegir asiento, he pulsado CONTINUAR por no formar una cola.

Yo siempre me preocupo por los demás.

Mamá también era así.

De tanto aguantarse el dolor para ayudar al prójimo, se olvidó de que sufría.

Igual más tarde le pido al de al lado que me deje cargar el móvil.

Porque no llevo reloj y si no sé qué hora es, es como si no llegara nunca. Además, si no lo cargo, se me va a morir la batería en mitad de una canción.

Los iPhones se descargan como si murieran de un paro cardíaco.

Cuando tengo la batería al veinte por ciento y estoy de viaje, siempre recuerdo que la batería medio descargada ponía nerviosa a mamá en domingo.

Los domingos, hasta que cumplí once años, siempre íbamos

a algún lugar. Un lugar que surgía como un juego. Lo decidíamos el mismo día.

—Hoy podríamos ir a Venecia, ¿os apetece?

Yo siempre decía que sí a todo.

Éramos una familia.

Aunque solo fuéramos tres.

Aunque no pudiera echar carreras por la escalera con nadie.

Cuando era pequeño, papá siempre me pedía que le diera la mano a mamá para que ella se calmara. Como había nacido hombre, tenía que protegerla y estar a su lado.

Se agachaba junto a mí, me ponía una mano en la cabeza, la señalaba y decía:

—¡Anda, ve con ella!

Me colocaba bien la visera de la gorra e iba hacia ella repitiendo la palabra «mamá», que, para mí, era su nombre. Luego, en el colegio, descubrí que era el hijo de Alda Magnani.

Guardo un recuerdo preciso de aquellos momentos, porque en casa tengo muchas fotos que hizo papá.

En una de ellas, estoy corriendo hacia la silueta de *ma*, y ella está de espaldas, alejándose.

Él siempre la ha considerado una imagen artística.

Yo siempre la he visto como algo que después ocurrió de verdad.

Mamá siempre se ponía a un lado de la calle cuando yo la alcanzaba, me miraba un instante de más y yo comprendía al vuelo que debía tener cuidado con los coches y los ciclistas y que no debía correr.

Andaba a buen paso y solo aflojaba para regañarnos porque íbamos demasiado lentos. Gianluca, papá, siempre llevaba la cámara y una bolsa de tela en bandolera, donde guardaba los objetivos, porque sabía que iba a fotografiar instantes que luego revelaría en el sótano y enmarcaría en el salón.

Yo soñaba con ciudades peatonales.

Por mí se podía vivir sin coche, por mí también se podía vivir sin coger el tren.

París fue el sitio más lejano donde estuvimos los tres, y no habríamos podido llegar a pie hasta allí.

—Podríamos ir a París, ¿os apetece?

Así fue como papá nos dijo que tenía intención de cogerse las vacaciones y pasar algo de tiempo con nosotros. Mamá acababa de salir del cuarto de baño, tenía la cabeza inclinada hacia el hombro y se frotaba el pelo con la toalla.

—¡Sí, vamos a hacerlo! —exclamó como si le hubiera pedido que hicieran un hijo. Nunca la había visto tan feliz, aunque intentaba contenerse.

París fueron nuestras últimas vacaciones juntos. Luego murió el abuelo, papá empezó a beber otra vez y mamá, antes de dormirse, en vez de decirle «Buenas noches» decía «No te reconozco».

Me pasé el viaje durmiendo. De vez en cuando, cambiaba de postura para demostrarles a mis padres que no estaba dormido y que solo tenía los ojos cerrados. Yo creía que los adultos nunca dormían y no quería quedar mal. Pero al final sucumbían al sueño. Gianluca cruzaba las manos por detrás de la nuca y cerraba los ojos varios minutos. Cuando mamá le dirigía la palabra, él respondía con una exclamación de asentimiento, o moviendo la cabeza arriba y abajo.

Antes de irnos, le prometió a mamá que no bebería.

Cumplió su promesa.

Llegamos a París al cabo de dos horas, nos quedamos siete días. Nos sentíamos muy lejos de Italia y éramos felices de verdad. Felices por última vez.

El metro pasaba cada dos minutos y se podía llegar a cualquier parte de la ciudad en poco tiempo. A veces subíamos al autobús 95 para mirar por la ventanilla. Papá decía que era su ciudad ideal, porque era una metrópoli que no corría, perfecta para fotografiarla. Antes de salir, mamá ya empezó a quejarse de que los hoteles eran demasiado caros y poco espaciosos.

Bajo el arco que hay delante del Louvre, Gianluca nos explicaba que enfrente teníamos los Campos Elíseos. Con el dedo empujaba hacia la frente el puente de las gafas, con la otra mano sujetaba el mapa que estaba estudiando.

No le quité los ojos de encima ni un segundo.

En aquel momento, comprendí que todos nosotros vivimos aferrándonos a algo.

Y que yo siempre me aferraría a aquel recuerdo. Siempre a aquel día en que el mundo no me dio tanto miedo.

Cuando pienso en aquellas vacaciones, me viene a la mente la foto debajo del arco situado delante del Louvre.

La foto en que todos sonreímos.

La que está en el marco de madera, al lado del teléfono fijo del salón.

Yo miro directo al objetivo, papá está a mi izquierda y me pone una mano en el hombro derecho, mamá tiene los ojos entornados y mira hacia abajo con expresión feliz, algo cohibida.

Al fondo, se ven unos desconocidos que salen por error.

Llevamos ropa de abrigo.

Yo chaqueta azul, bufanda a rayas y un gorro negro que también llevaba para ir al instituto.

En París la primavera no existe.

Se lo oí decir a alguien.

Quien nos inmortalizó en aquel momento no sabe que es la única foto en que estamos los tres. Sabe que la vida nos obliga a posicionarnos, pero no sabe que vi a mi madre llorar durante años porque ningún hombre, excepto yo, le daba la mano. No sabe que luego fuimos una familia solo los domingos, que se apagó a medio camino porque se le descargó la batería.

Que saber hacer mejor las cosas a veces significa aguantar el dolor una vida entera, en silencio, y sonreír para que los demás crean que eres feliz.

Me llamo Enrico Pezzi

Me llamo Enrico Pezzi.

Enrico como el político Enrico Berlinguer.

Pezzi como Gianluca Pezzi, mi padre.

Un padre que nunca me ha querido, independientemente de lo que yo haga.

No tengo ninguna relación con él, solo dolorosos silencios.

Frases a medias, frenadas en el interior, susurradas entre lágrimas, encerrado en la habitación, lejos de sus ojos, que me habrían juzgado, porque su educación le enseñó que los hombres no lloran, no se abrazan, no se piden perdón.

El suyo ha sido un amor dado con cuentagotas. Ha sido vigas desnudas cuando yo necesitaba sentirme protegido.

Un hombre al que la sociedad calificaría de «duro».

Duro como sus patadas cuando llegaba a casa borracho y mamá no se cansaba de echárselo en cara. Lo seguía hasta el cuarto de baño gritándole «¡Tienes que dejarlo!», «¿Es que no piensas en tu hijo?» mientras me llevaba a mí en brazos, apoyado en la cadera.

No. Solo pensaba en mí cuando recordaba que le habría gustado tener un hijo futbolista.

A mí no me gustaba el fútbol, prefería a los Arctic Monkeys y las entrevistas de Pasolini.

Se ponía violento cuando bebía; hablaba y lanzaba cosas.

Pero no siempre levantaba la mano.

Papá no es mala persona.

Si lo hubiera sido, mamá se habría ido antes. Era una mujer fuerte, aunque capaz de conservar su ingenuidad.

Tan fuerte que nadie, excepto mi tía y yo, sabía qué estaba pasando, tan fuerte que me pidió que no se lo dijera a nadie para proteger a la familia.

Era hermosa incluso vestida de moratones, tan bella que se la veía delicada.

Ocurría como máximo dos veces al año.

Al día siguiente, cuando volvía del trabajo, Gianluca fingía interesarse por ella con preguntas del tipo «¿Cómo te ha ido hoy?». Mamá sabía que era su manera de disculparse.

Y lo perdonaba.

Prefería sufrir con él, con el amor, que sufrir sola por amor.

A veces intento pensar cómo eran aquellos días, cuando aún éramos una familia, y no puedo recordarlos.

Tengo pocos recuerdos positivos de mi infancia, porque la memoria es presencia y la presencia solo estaba a través del dolor. Y el dolor es la única herencia que me ha dejado mi padre.

Muchos creen que lo contrario del amor es el odio, pero no es así.

La indiferencia es lo contrario del amor.

Porque el odio es un sentimiento fuerte, un sentimiento que te hace poner la mirada en alguien.

La indiferencia no.

La indiferencia es tropezarse con alguien que no se vuelve para disculparse mientras tú te lo quedas mirando, mientras se va y ni siquiera se ha enterado de que existes.

Vi a mi madre consumirse por un dolor sin sedantes. Durante años, la vi enamorada del hombre equivocado. Arrepentirse como cuando notaba que se había cortado el pelo demasiado corto, o que había hervido demasiado rato la pasta.

Un día yo estaba sentado en la cocina, a la cabecera de la mesa, con el móvil en la mano. Mamá se volvió de espaldas, estaba cortando algo y, de vez en cuando, se secaba la frente con las muñecas. Cuando cocinaba, siempre tenía la puerta cerrada, y hacía calor. Yo acababa de poner la mesa, casi era la hora de la cena. De pronto, sin volverse hacia mí, rompió el silencio con un tono de voz profundo y sin expresión.

—Mira, Enrico, hay muchas cosas que al principio yo no comprendía. Cuando era más joven y tu padre volvía borracho y me levantaba la mano, creía que el amor también era eso, que si me hacía sentir bien en sus buenos momentos, yo podría ocultar el dolor. Pero me equivocaba al creer que estaba bien. Nunca le he pedido ayuda a nadie, porque me daba vergüenza, porque creía que un día dejaría de hacerlo y volveríamos a ser los dos adolescentes que eran la envidia de todo el instituto. Poco a poco, tu padre ha ido minando mi autoestima, porque el daño llega directo al corazón, no se detiene en la piel, no deja moratones evidentes, sino heridas profundas. Te digo todo esto porque espero que tú, en tu vida, seas mejor que él, y mejor que yo, que he sido incapaz de protegerte.

No dije nada.

El odio que siento por mi padre, que me ha negado tantos sentimientos y situaciones irrepetibles, no disminuye con el tiempo.

En el parque, yo miraba de lejos a esos padres que dejaban a sus hijos meterles goles fáciles con unas sonrisas enormes, y percibía su fuerza.

Lo miraba de lejos mientras él se bebía el vino como yo me bebía el agua.

Por la noche, al volver del trabajo, se dormía en el sofá después de un primer tiempo, o salía con sus amigos.

Y mi madre y yo nos sentíamos más tranquilos.

Vivíamos nuestra relación como un secreto que renovábamos cada vez que nuestros ojos se cruzaban en la mesa.

Papá no debía saber que conseguíamos ser felices sin él, porque, de haberlo sabido, habría hecho cualquier cosa para entrometerse.

Pero él no fue siempre así. No sé qué lo cambió.

Mamá decía «Los hombres te enredan. Primero son de una manera y luego, cuando te conquistan, muestran su verdadera naturaleza. Para ellos, nosotras solamente somos una tierra de conquista, un trofeo».

Y los trofeos acaban siendo objetos de adorno que miras y no tocas.

No están ahí para ti, sino para que se los enseñes a los demás. Mamá no quería volver a casarse, solo estaba esperando a que el amor terminara. Y al cabo de unos años, ocurrió.

Yo he enterrado mi dolor, pero cuando veo a una mujer que se parece a ella, cuando pongo sin querer un plato de más en la mesa, cuando me corto demasiado el pelo, me hundo, y acabo llorando bajo la ducha para tapar los ruidos.

Porque he vivido más tiempo del que ella vivió conmigo.

Y eso es lo último que desea un hijo.

2 DE OCTUBRE

Regional rápido 2122
Coche 2 plaza 64
Próxima parada: Módena

En Calabria, me di cuenta de que no eras del todo sincera. Durante los desayunos simbólicos en el hotel, solo te comías una manzana y luego te pasabas el día diciendo «Ya he comido». Lo llamabas enfermedad. Yo, etapa. Y cuando intentaba ayudarte, te cabreabas y pedías un tiempo. Que solo era una excusa, porque los tiempos de reflexión hay que pasarlos juntos.

Ya no sé más

Tengo la impresión de que todas las estaciones de provincias se parecen.

Además de los rótulos azules con los nombres de las ciudades, en todas hay salas de espera con pocos asientos que cierran pronto.

La primera vez que te vi fue en la estación, bajabas del tren de las 7.55 a paso ligero, seguramente debías de llegar tarde.

Yo entraba una hora después, porque a primera hora tenía religión.

Luego te vi de camino a la playa, en una época en que no sabía qué hacer con mis días, porque no tenía intereses.

Tenía algún amigo, pero eran amigos alejados de mi vida.

Un mes decidía que quería irme y al mes siguiente decidía quedarme.

También lo decidí cuando te vi por tercera vez, porque con la segunda no había tenido bastante.

Te dirigí la palabra con curiosidad, gracias a amigos comunes. Te reías con todo lo que decía.

—Encantada, soy Irene.

Llegabas a la playa por la mañana, con tu familia, y siempre volvíais a la ciudad a la hora de cenar.

Yo quería estar en la playa el menor tiempo posible, y te preguntaba si te apetecía dar un paseo por el pinar con la excusa de que allí había sombra.

Llegamos al final del verano.

Tengo una polaroid de esos momentos. Estamos delgados y se nos marcan las costillas, tú llevas el biquini rojo; yo, un pantalón del Sampdoria varias tallas grande. Estamos cerca y no nos tocamos, tienes las manos en las caderas y estás de puntillas. Yo me froto el pelo con la palma de la mano y tengo un ojo medio cerrado a causa de la luz del sol. Las algas arrastradas por las olas nos tocan los pies, y el mar, a nuestra espalda, ocupa el fondo.

—Te espero aquí —te dije aquel día.

—¿Me puedes decir por qué nunca quieres bañarte?

Nunca he aprendido a nadar. Cuando era pequeño, mientras mis amigos se pasaban el día en el agua, yo me quedaba en la orilla recogiendo caracolas y haciendo castillos.

Tú no sabías nada de esto y te sorprendía que un chico de diecisiete años prefiriese el pinar a la playa. Por tu expresión, se veía que no estabas acostumbrada a las negativas y que te enfadabas un poco.

Los primeros meses hablamos de todo, sin tiempo, a veces repitiéndonos.

Carmen Consoli, Ikeda, Dante o Guccini, que yo no sabía quién era.

—¿Conoces *Il sociale e l'antisociale*? ¡¿Nunca has escuchado un disco de Guccini?! Dios mío, te creía más espabilado.

Sonreía al leer todo lo que me escribías.

Hablamos de mí, de mi nombre.

Mi madre me lo puso porque era el nombre del doctor que la asistió en el parto, y además porque le encanta Berlinguer. Papá creía que iba a nacer niña.

Hablamos de ti, de tu madre, de tu nombre.

—La mía, cuando rompía alguna taza, me decía «llevas la destrucción en las manos». No sé cocinar, porque mi madre no me quería en la cocina, porque yo era, soy, un desastre. Ni siquiera me dejaba poner la mesa. Cuando me vaya a vivir sola, no sé cómo me las arreglaré. Mi padre no decía nada, mi hermano se quejaba porque yo no hacía nada. Me daba rabia, porque de niña ya quería que me trataran como a una mujer. Piensa que mi nombre en griego antiguo significa «Paz». Creo que a veces los nombres condenan a los hijos. A veces pienso en los que se llaman Félix o Beatriz, en su infancia. Mi hija tendrá un nombre neutro, ella le dará un significado y la vida le dará un nombre.

Cuando tardabas diez minutos en contestarme, yo procuraba tardar veinte.

Tenía miedo, porque me gustabas de verdad.

Estuvimos juntos tres años. Habríamos cumplido cuatro en octubre.

Ya no sé más, no hubo más.

No estábamos preparados, es evidente.

Tú eras mi ideal de belleza.

Cada vez que te levantabas de la cama para ir al cuarto de baño, te equivocabas al ponerte las zapatillas y tropezabas.

Casi nunca te caías.

Tropezabas.

Te equivocabas de llave al entrar en casa, porque tenías dos muy parecidas que llevaban escrita la marca CISA.

Te equivocabas en las maneras, porque para ti decirme «Haz lo que quieras» era como pedirme perdón.

Te di mis frases, mis frases más bonitas, mientras los Daughter publicaban *His young heart*.

No estábamos preparados. Es evidente.

Nos separábamos para sentirnos mejor.

Lo que echas en falta solo lo colmas con lo que echas en falta.

Yo estaba ahí cuando necesitabas hablar.

Cuando en una subida empinada, de besos en la frente en bici, querías llegar como fuera a la cima.

Cuando ibas a echar demasiada sal.

Cuando le echabas poco amor.

Casi cuatro años, aunque no son tantos si tenemos en cuenta que nos veíamos tres veces a la semana. Los lunes, los miércoles y los domingos.

En medio estuvieron la selectividad, los estudios y tus amigas. Algunos días desaparecías sin decir nada porque tenías cosas que hacer, aunque yo no supiera qué cosas eran.

El aviso de los mensajes tapaba nuestros silencios religiosos.

Nunca te reprochaba nada, aunque sopesaba todas las palabras.

Te di mi voz cuando no sabía con quién desahogarme.

Me rechazaste un montón de veces, tantas que ya he perdido la cuenta.

Me dejaste ojeras debajo de los ojos muchísimas noches, cuando vomitabas por las esquinas y te llamaba y no contestabas.

Porque dentro estabas de rodillas. Dentro sentías una maraña confusa de pensamientos que se expandían en la cabeza y retumbaban en el estómago.

—Al cuerpo le resulta difícil contener todo este caos —dijiste un miércoles por la noche.

Los miércoles tenías la casa libre, y de vez en cuando contabas algo delante de la tele, sin volverte. La luz de la pantalla siempre te iluminaba media cara. Tu cabeza en mi hombro.

Desde que eras niña, tu madre siempre te había dicho que no eras lo bastante guapa y estabas convencida de que tenía razón.

No querías ayuda.

A veces no comías porque no querías obedecer órdenes.

—¡Come! —te decía.

—¡Si no tengo hambre, no tengo hambre! —contestabas, harta.

Jamás me acostumbré.

Nunca estaba preparado cuando me dejabas con la misma excusa.

—Necesito estar sola.

—Vale.

—Sola sin ti.

Hay personas capaces de destrozarte utilizando un hilo de voz.

Hay quien se acostumbra fácilmente a la distancia, a las maldades. Yo no puedo. Yo no sabría ser indiferente ante una emoción. Incluso me maravillo ante situaciones que ya he vivido.

Nunca nos acostumbramos a los adioses y los abrazos.

Nunca nos acostumbramos a lo que echamos de menos.

Creo que habría seguido a tu lado aunque me marease en coche, aunque no hubiera sitio para los dos codos mientras estábamos sentados en los trenes.

—Cuando me dormía, Manuel me despertaba o se iba para no molestarme.

Estábamos sentados en el sofá, yo miraba el techo, tú, tu pasado.

—¿Sabes por qué te quiero?

Tu pregunta me daba miedo.

—¿Por qué?

—Me miras mientras duermo, me dices que soy preciosa cuando te rechazo, corres cuando te llamo. ¿Por qué lo haces?

Me tomé mi tiempo, porque también quería responder a la pregunta que no me habías hecho.

—Ire, no sé por qué lo hago. Si sabes por qué quieres a una persona, eso no es amor, es una necesidad. Yo no sé qué echaría de menos de ti si te fueras. Te juro que no lo sé, y me da miedo. En cambio tú lo sabes, sabes qué echarás de menos, ya estás preparada y quizá me olvides deprisa. Cuando necesitamos algo, sabemos qué efecto tendrá sobre nosotros, como las drogas. Pero eso no ocurre cuando amamos. Muchas veces, cuando te veo, me siento mal. Otras veces, vuelvo a casa y el mundo no me da tanto miedo. No te ofendas, pero no creo que lo tuyo sea amor, yo te resulto útil.

Mi frase te hirió.

—Si piensas eso, ¿por qué estás aquí?

La pantalla del televisor te iluminaba los mismos puntos del rostro. No te habías movido.

Nunca lo hiciste por mí.

Estoy aquí porque te quiero, porque fuera es otoño, porque tú, sin saberlo, muchas veces suprimes el mal.

Yo era un tres; tú, un nueve

TODOS LOS NÚMEROS IMPARES JUNTOS FORMAN UN NÚMERO PAR.

Esta frase estaba escrita muy pequeña en la pared de un bar de esquina. La leíste en voz alta, en un tono satisfecho, acariciando las letras con un dedo.

Te gustaban los aforismos, subrayabas con bolígrafo los libros.

Acabábamos de volver de Scalea y habíamos parado en Bolonia a dormir, porque no había más trenes a casa. Estabas entusiasmada, porque te gustaba Bolonia, aunque en agosto era provinciana y parecía que el asfalto fuera a derretirse con el calor.

Ya habíamos estado allí un año antes, para ver un concierto que luego anularon por la lluvia.

De noche, los pórticos poco iluminados parecían cuevas silenciosas y tus palabras sofocaban los pequeños ruidos.

—Tú y yo somos números impares —dijiste sacando los cigarrillos de la mochila—. Nuestras múltiples carencias nos han hecho así. Nunca completos y siempre en conflicto con nosotros mismos. El ocho es el infinito; el tres, la incompletitud.

Te ofrecí el encendedor y tú empezaste a andar sin dejar de hablar.

—Andrea no es mi padre, solo es el padre de Lucia. Por eso somos tan distintas. Me pasé la adolescencia soportando que todo el mundo me preguntara por qué ella tenía los ojos y el pelo más claros que yo. «No parecéis hermanas», me decían. Tú nunca me lo has dicho, pero imagino que te habrás hecho la misma pregunta. Yo me parezco a mi padre y ella, al suyo. De nuestra madre hemos heredado el carácter, el vicio de fumar y las respuestas de mierda.

Hablabas sin mirarme, dabas caladas largas y, de vez en cuando, te recogías detrás de la oreja un mechón que poco después volvía al mismo sitio.

—Siempre me ha tratado como a una intrusa y yo siempre lo he llamado por su nombre. Es un hombre anticuado. Para él, respetar es no llamar nunca por su nombre a un padre. Para él, los padres no aceptan consejos. Conoció a mi madre cuando yo tenía unos cinco años. Es muy cierta esa frase que dice que los cirujanos siempre se casan entre ellos. Andrea y mi madre pasaban tanto tiempo juntos en el quirófano que, inevitablemente, se acercaron. Los dos salían de un divorcio doloroso, heridos.

Hablabas con las tes levemente marcadas y las vocales abiertas. Habíamos conocido a mucha gente en Scalea y se te había pegado un poco el acento de allí.

—Una tarde, en la puerta de la escuela, dentro del coche, mi madre me comunicó que nos íbamos a cambiar de casa, que seríamos felices y que tendría una hermana, porque esperaba un bebé. Me había ocultado su relación durante dos años, le decía a todo el mundo que solo era un amigo, que todos los hombres eran iguales y que se quedaría sola hasta el fin de sus días. Y, con excusas poco creíbles, los fines de semana me dejaba con mi abuela y se iba a casa de él. «Para mí, solo existe Irene», les decía a los que sospechaban algo. Cuando se quedó embarazada, tuvo que decirle la verdad a todo el mundo, y al poco tiempo cambiamos de vida radicalmente. Nos trasladamos a otra ciudad, donde no conocíamos a nadie. Tuve que cambiar de colegio y de amistades. Pasaba los días con un hombre que más que quererme, intentaba comprarme con regalos estúpidos. Cuando se dio cuenta de que sus esfuerzos eran inútiles, empezó a evitarme y a tratarme con suficiencia. Mi madre es un número impar, es un tres. Siempre se ha comportado como si el objeto de su existencia fuera tener un hombre al lado. Y cuando encontró a una persona igual que ella, alguien que se le parecía, al menos en las palabras, aprovechó la oportunidad para crear una nueva familia. Pero, al poco tiempo, el entusiasmo se desvaneció y su amor se transformó en algo corriente. Ni una pelea, ni una sorpresa, ni una discusión. Era una relación educada entre dos perfectos desconocidos que preferían no enfrentarse. Ni siquiera recuerdo la última vez que los vi besarse o cogerse de la mano. Dos números tres acaban por darse la espalda, y eso fue lo que pasó. Para ella siempre ha sido suficiente hacerles creer a los demás que era feliz en una familia sin grietas. Se ha pasado la vida intentando demostrarles a sus allegados que mi padre se fue simplemente porque era un gilipollas, no porque ella fuera la mujer equivocada.

Fumabas, impasible, sin buscar la forma adecuada de hablar, pero te temblaba la voz.

La calzada que había entre las casas terminaba donde empezaban las luces del centro.

Andábamos sin saber dónde acabaríamos.

—Mi padre biológico no era cirujano, era escultor. Se llama Roberto, es calabrés, de Scalea, como mi madre. Los dos se trasladaron al norte cuando eran adolescentes. Aprendió el oficio de su padre, mi abuelo, al que no conozco. Mi padre era un buen escultor y siempre viajaba por Europa. A veces tardaba un año en acabar un trabajo. Es lo que me han contado, todo lo que sé de él me lo han dicho. Era un hombre guapo, de muchas palabras y muchas mentiras. Nos abandonó cuando yo tenía cuatro años. Mantenía una relación con una chica más joven, la había conocido en una exposición suya y un día, simplemente, decidió no volver a casa, sin avisarnos. Creo que ahora vive en Alemania, tiene parientes en Frankfurt. No lo he vuelto a ver, ni he hablado con él nunca más. Durante años me pregunté qué motivos pueden impulsar a un padre a irse. No recuerdo un solo momento en mi vida en el que no haya sufrido por ello. Se convirtió en un estado de ánimo que aprendí a reconocer como mío.

En la plaza Verdi, llena de chicos sentados en el suelo, el aire olía mucho a hierba. Tú al mirarme te abriste en una sonrisa que parecía un interrogante.

Me armé de valor y te conté mi historia.

—Durante mucho tiempo, vi a mi madre detrás de un hombre que nunca la haría feliz. Mirándola, aprendí que el amor hay que merecerlo, que quien se va huye tanto de algo como quien vuelve. Que pocos se marchan con la sensación de ir por el buen camino. Que muchos te aman por cómo les gustarías y pocos por cómo eres. Igual parece absurdo, pero yo comprendo a mi madre, porque si te falta alguien que es tu familia, lo único que puedes hacer es esperar que vuelva a serlo. Aprendí que mi familia puedo ser yo, aunque a veces lo es mi mejor amigo, otras un desconocido con el que hablo en el aeropuerto mientras espero un avión. A menudo tú eres mi familia. Lo que nos reconforta es la familia, ni más ni menos.

Sostenías el cigarrillo entre el pulgar y el índice. Cuando estabas a punto de terminarlos, los observabas con atención y luego los tirabas lejos.

Te sentaste en el suelo, dándole la espalda a un chico que estaba tocando un tema de los Doors con una guitarra española.

—No sé si tienes razón —me dijiste mirándome a los ojos—. Yo sigo pensando que el amor es lo único en el mundo que no debería suponer un esfuerzo.

Negué con la cabeza, sonreí levemente y te pasé un brazo por detrás del cuello para atraerte hacia mí.

—No creo. —Te rocé el pelo con los labios—. Solemos comportarnos como si las cosas tuvieran fecha de caducidad. «Es imposible que dos que llevan un año juntos no se quieran», he oído decir. Pero no es así, el amor hay que merecerlo. Las pocas veces que me dices «Te quiero», yo pienso «Espero merecerlo», aunque conteste «Yo también».

En el silencio que se creó entre nosotros, pensé en cuánto se parecían nuestras vidas.

Padres ausentes y madres asustadas ante la idea de quedarse solas. Nosotros éramos dos números impares, pero no el mismo número.

Yo era un tres; tú, un nueve.

A ti te faltaba poco para ser un seis.

Solo tenías que aprender a tener los pies bien firmes en el suelo y llevar la cabeza bien alta.

Si te hubiera querido más y hubieses dejado a un lado esa impresión tuya de no ser suficiente, habrías podido ser un número par sin mí, sin nadie.

No sé adónde, pero juntos

En las reuniones de escalera de mi estado de ánimo, solo hablabas tú.

Entraste en mi vida con los ojos bañados en inseguridades y unas pocas sonrisas que tratabas con suficiencia.

Yo tenía pocos amigos, tal vez ninguno.

Tú eras bella, ese tipo de belleza que le da un aspecto vacío a la persona.

Nos hartábamos de cerveza Moretti y le pedíamos a la gente en la plaza Verdi si tenía papel y algo que fumar.

Algunos nos ofrecían heroína, pero tú ya lo eras para mí. La rechazábamos con noes secos, porque para nosotros era mierda.

Trainspotting en *streaming* cuando llovía, vasos que hacían de ceniceros, tú en vez de una existencia vacía, las patas de la mesa de cristal frente al sofá, con la luz apagada, a media película nos dormíamos.

No quería arruinarte la vida, sino crear una nuestra para mejorar la mía.

Eras la confirmación de que había una respuesta. Para mí, «Lo más lejos posible» se había convertido en «Donde tú empezabas».

El esfuerzo por derribar mis incertidumbres, el amor que llegó y creció en nuestros desórdenes, pero del que antes había que prescindir.

A veces, te miraba mientras dormías y me decía «Haré como que nunca te he querido. Así, si un día dejas de quererme, no me sentiré tan decepcionado».

Pero los sentimientos no son SMS que finges no haber enviado porque no has recibido contestación.

Nuestra desconfianza en las instituciones nació porque no éramos hijos del movimiento hippy, sino de la corrupción política de Tangentópoli.

En la punta de la lengua de las noches de insomnio, sentados en la escalera del portal de tu casa, compartíamos cigarrillos y buscábamos posibles soluciones y futuros tan cercanos como el pasado.

Nunca en el mismo peldaño. Así, cuando nos levantábamos para despedirnos, no tenías que ponerte de puntillas para besarme.

Tus labios eran persianas envenenadas con el sabor de los cigarrillos que no parabas de fumar.

Cada día hasta altas horas de la noche.

Cada noche hasta altas horas del día.

Yo llegaba a casa, buscaba las llaves y me encontraba tu encendedor en el bolsillo. Te escribía «Mañana te lo doy» sin decirte que te estaba hablando de mi amor.

¿Cuántos aman y sienten que hacen lo mejor?

Yo dejaba las paranoias de mierda bajo la almohada, las aplastaba con los sueños y los proyectos que tenía en la cabeza. Creía que llegaríamos juntos.

No sé adónde, pero juntos.

Porque todos los revisores de tren nos pedían el billete convencidos de que teníamos uno solo para los dos.

Cruzabas las piernas. Mirabas hacia fuera.

Yo te miraba mientras te desesperabas en silencio porque no podías fumar.

En los túneles te apretabas contra mí, igual que en la cama, cuando te despertabas de golpe y me ponías el brazo en el pecho, como si te estuvieras ahogando, como si yo fuera un salvavidas.

Dormías sin sujetador para respirar mejor. Tenías los pies fríos y enormes márgenes para mejorar. No tenías márgenes.

Besos en el cuello hasta los moratones.

Me enviabas por WhatsApp primeros planos de tus partes íntimas.

Llegar.

Quedarse.

Follar con la excusa de ver otra vez una película, con una mano en la boca porque arriba estaban durmiendo.

Y sonreír como si estuviéramos robando.

Irene, yo no quiero volver atrás. Yo te quiero aquí delante.

Pero luego nos perdimos en cuestiones que no tenían nada que ver, como que tardabas un poco más en contestar a mis mensajes y yo creía que era por culpa de mis respuestas, que no estaban a la altura.

Y cada espera eran cinco pisos sin ascensor.

Mis rostros pensativos.

Tus rostros felices de sonrisas difíciles.

Y viceversa.

Cuando me decías «¿Me llevas a casa?», en realidad te querías quedar. Cuando decías «Llévame a casa», me querías destruir y se me llenaban los ojos de esas inseguridades que tú ya no sentías.

No te necesitaba para sobrevivir, pero sí para ser un poco feliz.

Como agua helada en las tardes de agosto.

Ocupas vacíos, tú que hoy me llenas de nada.

Ocupas silencios, tú que hoy ya no me dices nada.

Y toda esta nada no me deja nada.

Nadie nos quiere más de lo que demuestra, y yo esto nunca lo entendí.

¿Recuerdas qué se siente cuando amas y crees que haces lo mejor?

Eres el pasado que llevo encima

—Irene, ¿puedo llamarte Ire?

—Sí, puedes —contestaste la primera vez que te dejé debajo de tu casa.

Eras otra persona los primeros meses, cuando te encontraba en los lugares donde no te esperaba y donde no esperaba verte.

No querías que tus amigas supieran que nos veíamos.

Creía que no necesitabas decírselo porque no te quedarías mucho, pero me equivocaba.

Como cuando tu suavizante me repetía que habías pasado por aquí.

Eras un amor tormentoso, de esos que te despiertan por la noche mientras ya lloras, de esos que cuelgas el teléfono y llamas otra vez mandando a la mierda el orgullo, de esos que te hacen temer la oscuridad, porque en las noches interminables emergen los recuerdos.

Yo hice cosas peores.

Es evidente que no estábamos preparados.

—Tienes los ojos cansados, es mejor que duermas.

Me lo decías, pero no era cierto. Mis ojos nunca se cansaban de ti.

Volvía del trabajo y te pedía que nos viéramos, para mí era la única forma de saber si me echabas de menos.

Me ocultabas, como se hace en el teatro con los ruidos de fondo imprevistos, como tus ojos la segunda vez que se cruzaron con los míos en el autobús que iba con retraso hacia las playas de Rávena.

Eras la inexplicable sensación de felicidad que se tiene al pensar en África y sus paisajes, las razones existenciales, los descarrilamientos, la figura que me representaba en los mejores momentos, mi vida sin tiempos muertos, sin los momentos que pasé esperando tus regresos.

Nosotros éramos esto, lo otro y lo contrario de todo.

—Ire, ponte seria. ¿Por qué te ríes?

—Tus sonrisas me hacen sonreír.

Y yo sonreía poco, porque me sentía exhausto.

El trabajo me anulaba.

Me habría gustado llenar todas tus carencias. Llamar tu atención cuando no me escuchabas.

«Si te hubiese gritado que te quería, tú me habrías dicho que no gritara» era una de tus frases preferidas.

Yo pensaba «No sé de quién será».

«No sé si te quedarás.»

Aunque tuvieras una hermana gemela, seguirías siendo una belleza única.

Cambiamos los dos, sobre todo tú, que estabas por encima de todo.

Me ocultabas, igual que las colillas debajo de los pupitres, como tus ojos la segunda vez que se cruzaron con los míos, de nuevo en el autobús que iba con retraso hacia las playas de Rávena.

Cambiamos los dos, sobre todo tú, que eras sobre todo tú.

Las cosas cambiaron cuando en vez de decir *Ire* empecé a decir *eras*.

—Irene, ¿puedo llamarte Eras?

Estás en todo lo que me ha hecho caer, en todo lo que me ha roto la voz y una parte del corazón.

Eres el pasado que llevo encima.

Soy el pasado que tienes ahora.

Nos dormíamos abrazados y despertábamos separados, cada uno en su rincón, como castigados. Muchas veces el sueño nos mostró nuestra verdadera naturaleza, pero yo no reconocí las señales.

El amor debería durar tanto como las amistades, como las bicis, que son eternas.

Yo iba al instituto con la Stelbel de mi padre. La dejaba en el aparcamiento que había debajo de los soportales, enfrente de la tienda Coin, y entraba en clase. Pocos chicos iban en coche al instituto, porque el edificio estaba en pleno centro y la plaza se convertía en un aparcamiento para motos y bicicletas.

Por la mañana te veía llegar a pie desde la estación, con tu hermana. Os despedíais en la entrada, casi siempre en el mismo sitio.

Tú estabas en el piso de arriba, jugábamos a encontrarnos delante de las máquinas.

Los profesores sabían que salíamos juntos y cuando pedía permiso para ir al lavabo, siempre comentaban algo.

—Pezzi, tanto amor es demasiado —decían en tono desconfiado, y tenían razón.

Unos años más tarde, comprendí que «demasiado» ahoga.

Cuando empezamos a salir, te llevaba en el cuadro de la bici hasta la estación. Tú siempre te inclinabas hacia el lado opuesto en las curvas y me hacías ir más lento.

Para ti yo iba demasiado rápido, pero cuando estabas de buen humor, te reías y les gritabas a los transeúntes «¡Cuidado, apartaos!», como si fuéramos en un TIR.

El primer cigarrillo te lo fumaste conmigo. Aquel día hicimos novillos. Estábamos delante del instituto. Me cogiste de la mano y me pediste que fuéramos a otra parte.

—¿Vamos a un sitio menos aburrido?

Habríamos podido hacer novillos siempre, porque nuestros padres se pasaban el día trabajando.

—Por eso me convertí en una mujer tan pronto —dijiste en el trayecto hacia casa—. Las ausencias te obligan a estar más presente.

Aquel día fuimos a mi casa.

Años atrás, cuidabas de tu hermana, la ayudabas con los deberes y te la llevabas a todas partes.

Mientras me lo contabas, saqué del bolsillo de la mochila el tabaco y el papel y lie un cigarrillo sentado en el escritorio de mi cuarto.

Cuando tenía poco dinero, compraba Drum para ahorrar. Tú me preguntaste si podías probarlo y me cogiste desprevenido.

Ya lo tenías decidido y quizá ya hubieras fumado antes sin que yo lo supiera, por eso no dije nada.

—¿Sabes por qué siempre estudio tanto?

—No, ¿por qué? —te pregunté soplando el humo lejos de ti.

—Porque tengo prisa por marcharme, por dejar el instituto y esta ciudad. Aquí me siento sola, me ahogo en los edificios del centro histórico. Deben de ser las personas que me rodean, o el silencio húmedo que lo invade todo, no lo sé. Pero quiero ver mundo, aunque solo sea a dos pasos de aquí. Necesito un lugar que me dé un poco de vida. Esto solo es belleza aparente, ¿no crees? Si te fijas bien, todo está vacío, debajo de la piel no hay corazón. Me gustaría encontrar un sitio que, en vez de reflejar mi estado de ánimo, me ayude a ser feliz.

—¿Sabes lo que me asusta? —Aparté los ojos del cigarrillo para detenerlos en ti.

—¿Qué?

—Que un día querrás descubrir y conocer el mundo y yo seguiré siendo el mismo, que los sentimientos no dejan espacio a las incertidumbres y tú ya sabes dónde estarás, pero yo no.

Aquella tarde pedaleé despacio en la bici, sin hablar.

—Déjame enfrente del instituto —fue tu único comentario.

Pienso mucho en cuando te decía que te llevaría lejos y después no lo hacía, en cuando decías que querías marcharte y sabía que lo harías.

Yo siempre había creído que cuando pierdes a una persona, luego creces y la vida sigue adelante. Pero no es así, contigo me he quedado donde estaba, junto al recuerdo de cuando aún estabas, sin crecer.

Porque el dolor te paraliza y el miedo a sufrir otra vez duele más que cualquier amor perdido.

Juro que quisiera tenerte a mi lado, o encima.

A menudo pienso que te amo, que sabes que puedes hacerme lo que quieras.

Es decir, que *te armo*.

2 DE OCTUBRE

Regional rápido 2122
Coche 2 plaza 64
Próxima parada: Reggio Emilia

He querido tanto a Irene que ahora soy una de esas obras empezadas que hay en el sur de Italia, donde la gente, al pararse delante de la valla, piensa «Nunca la terminarán» y espera que alguien la reanude y la interrumpa.

Si supiera lo que me falta, tendría todas las respuestas

Esta vez yo también he salido a fumar. Tres caladas y lo he apagado rápido, por miedo a que el tren se fuera sin mí.

El revisor ha silbado, ha agitado un pañuelo verde y hemos salido.

En Módena ha subido alguien y se ha disculpado al sentarse.

Hay un silencio innatural.

Como cuando nadie decía nada en la mesa. Y yo miraba el plato sin levantar la cabeza. Y cuando la levantaba, mamá me sonreía, como diciendo «Acaba y vete a la cama». Luego papá se sentaba en el sofá a mirar las repeticiones de los partidos. Mamá se ponía a leer. Leía un libro a la semana. Todos los días acababan así, ellos sentados juntos en el sofá del salón sin mirarse siquiera.

Aquí todos duermen, los envidio un poco. Las provincias van pasando ante mis ojos, se funden con los paisajes. Luces amarillas y blancas se suceden sin pausa, como si nos estuvieran siguiendo.

Cuando era pequeño, me daban miedo las luces de los coches que atravesaban la ventana de mi habitación y creaban formas raras en la pared.

Vivíamos en el primer piso y mi cuarto daba a la calle. Las rejas de las ventanas no calmaban mi angustia. Me asustaban los ruidos nocturnos que oía cerca de casa y que me rompían el sueño.

Hasta los nueve años dormí con mis padres. Luego, cuando ellos dejaron de dormir juntos, volví a mi habitación y sellé las cortinas.

Dormía con auriculares.

Escuchaba *Sonidos de lluvia* y me quedaba dormido con aquellos ruidos leves.

Mis padres se separaron sin ser adultos, sin grandes frases. Los oía discutir desde la cama y permanecía inmóvil. Le daba la espalda a la luz del sol que se filtraba y me quedaba dormido otra vez.

Para mí era algo normal, y para los vecinos también. Empezaban a pelearse recién levantados, al cruzarse por los pasillos. Porque uno de los dos ocupaba el baño, o porque el otro no había bajado la persiana o no había tirado la basura.

Gianluca dormía en el salón.

Mamá cerraba con llave la puerta de su cuarto.

Papá le borró la sonrisa de la cara a mamá, como quien excava en la roca para industrializar las zonas montañosas.

Mamá siempre repetía «Haz lo que quieras con tu vida». Y cuando, por fin, él lo hizo, comprendió que no era lo mismo que quería ella. Ya casi no tenían temas de conversación. Discutían. Y mamá, antes de darle la espalda, decía «Te he perdonado demasiadas veces. Ya no te aguanto».

Cuando Alda me preguntaba si tenía razón, yo me encogía de hombros, no lo sabía. Mientras Gianluca decía «Déjalo en paz».

Y de tanto dejarme en paz, acabé siendo nada. De tanto dejarme en paz, no se dieron cuenta de que mis heridas llevaban sus nombres.

Cuando dos personas se obstinan en amarse a toda costa, acaban haciéndose daño, pero lo comprenden demasiado tarde.

Muchas veces amar significa hacerse a un lado y dejar que el otro, por su bien, se marche.

Hacía muchos años que su relación se mantenía por una necesidad económica, porque solos no conseguían ser independientes.

El divorcio fue la respuesta a algo que llevaba mucho tiempo sin funcionar, pero a mí no me dio respuestas.

Me iba a dormir con mi tía sin decírselo a nadie.

—Trabajar ocho horas al día y amarse solo los domingos es uno de los efectos colaterales de nuestro modelo social —sentenciaba ella.

Tenía un jardín tan grande como un campo de fútbol sala. Me quitaba los zapatos y me quedaba horas allí, matando el tiempo, con la cabeza apoyada en la hierba. Solía ir a su casa los martes y los jueves. Huía de la mía porque estar rodeado de paredes me hacía sentir como en una jaula, y yo quería dejar la mirada perdida, como quien busca el final del mar desde el puerto.

Pasé muchas noches de mi adolescencia en una esquina de la cama, con las rodillas en el pecho, repitiéndome «Si supiera lo que me falta, tendría todas las respuestas».

Pero la única respuesta la trajo un día mi madre y no era para mí.

—Ya es hora de que empieces a ejercer de padre —le dijo a Gianluca.

Debían de ser las cinco de la mañana.

No habíamos tenido noticias de él en todo el día, no contestaba al teléfono. No sabíamos dónde ir a buscarlo. Cuando entró en casa, se fue directamente al salón, ignorando a mi madre, que lo había estado esperando toda la noche. Estaba visiblemente borracho, andaba con dificultad.

Tenía nueve años y aquella noche dormí solo en la habitación de ellos cerrada con llave. Me despertó la voz de mamá. Estaba gritando, y ella difícilmente levantaba la voz. Luego se hizo el silencio, Gianluca debió de quedarse dormido.

Por la tarde, cuando abrió los ojos, no había nadie más en casa. Nos quedamos dos semanas con el abuelo.

Tú valías más

Cuando salía, acababa debajo de tu casa. Y cuando no acababa debajo de tu casa, acababa perdiéndome.

Tu ausencia volvía plano el paisaje.

Esto de andar continuamente me lo pegaste tú.

Los mapas del iPhone nos decían que había treinta minutos a pie y tú asegurabas «Como mucho tardaremos quince».

Íbamos a pie a todas partes, nos parábamos delante de los rótulos de las calles y de los carteles publicitarios y los comentábamos, como hacen los críticos literarios con los fenómenos editoriales inesperados.

Eras distinta.

Andábamos hasta el último vagón, hacia los últimos asientos, para tener una historia nueva que contar.

Nos reíamos de los que se dormían con la boca abierta y comprábamos billetes de 60 kilómetros para viajes que nos llevarían más lejos.

Solo nos tocábamos las manos en los semáforos rojos, en los túneles.

Siempre estabas pendiente, tenías corazón.

Me decías «Revelaremos todas las fotos que hemos hecho juntos, como una metáfora que debemos respetar».

La pared de mi habitación está llena de fotografías nuestras. Imágenes desordenadas de París, Venecia, Crema, Perugia, Verona. Fotos descartadas. Hay mucho de ti en mi cuarto, incluso en la disposición de los objetos. Todavía duermo pegado al radiador, era tu sitio porque de noche siempre tenías frío. Cuando me despierta el calor, me digo «Ella lo hizo pensando "Así un día me echarás de menos"».

Como cuando escribiste en la pared «Date la vuelta...» y en el radiador «Se dará la vuelta...», segura de que yo lo haría.

El portalápices sigue al lado del ordenador, donde tú lo pusiste, porque te encantaba dibujar.

—Me recuerda el árbol de la vida de Klimt —decías, contenta.

Al volver a casa, quito del escritorio ese portalápices inútil para no verlo cada vez que miro por la ventana.

Lo podría necesitar, pienso cuando decido tirarlo, y no lo tiro nunca.

Cuando me decido a escribirte y no me lanzo nunca.

No me necesitas.

Sé que no me crees, pero no ha habido nadie después de ti.

Como cuando comes algo después de lavarte los dientes y el sabor a menta te quita el hambre.

Pensabas en voz alta que lo mejor de Milán era mirar hacia arriba, porque había unas azoteas preciosas.

Pensabas en voz alta que un día acabaríamos mal, que nos

pasaríamos meses contando los días, que viviríamos esa fase en la que le gustas a quien no te gusta, y cuando gustas a quien te gusta y sales con esa persona, descubres que no lo haces a gusto.

Pensabas en voz alta que echaríamos de menos el sexo y volveríamos a vernos a escondidas, como los proscritos, para hacerlo y luego arrepentirnos.

Porque cuando amas y tienes que robar los besos, duele más.

Fumaba mucho, tanto que me gastaba todo el dinero en eso y los lunes por la mañana solo desayunaba si me invitabas.

Cuando me dejabas y me echabas en cara mis defectos, te recordaba las épocas en que siempre querías hacerlo y dabas la lata.

El sexo contigo estaba muy bien, pero no era el factor determinante.

Tú valías más.

Sacabas ochos en todas las asignaturas de humanidades.

Saliste del instituto que tanto odiabas con un nueve coma uno.

Te recordaba cuando me tocabas delante de todo el mundo en el tren, cuando en la mesa, delante de mi padre, decías en tono pícaro «Vamos arriba».

A veces me parecías una niña mimada que no aceptaba un no. En cuanto nos sentábamos en la cama, empezabas a desnudarme. Discutíamos a menudo: «¡Te doy asco, no quieres estar conmigo!», chillabas, pero yo, además de eso, quería hablar.

No solo escuchar.

Lo digo en serio.

Tú valías más.

Ver, no solo mirar. Compartir algo además de estar juntos.

En aquellos momentos no nos lo decíamos todo, como quien se confiesa y se guarda algo para sí, como quien le dice a un vagabundo «No llevo nada» cuando en realidad ha salido a comprar tabaco.

Nos reíamos de mis torpes intentos cuando no conseguía penetrarte con la luz apagada, cuando te lamía las partes íntimas y mi inexperiencia te pinchaba con los dientes, de mis manos frías en tus caderas, de las posturas imposibles, de cuando le dábamos fuerte, nos golpeábamos la cabeza contra el tabique y teníamos que aflojar, porque tu padre estaba durmiendo. Aplastados contra la pared, con los pantalones a la altura de los tobillos y las camisetas puestas.

Éramos fugitivos.

Solo notábamos el olor a sexo al volver a la habitación después de ir al baño.

Como eras tan bonita de espaldas, me quedaba allí, de mutuo acuerdo, realizando mis funciones vitales a escala reducida.

Estábamos bien juntos, aunque muchas veces me rechazaras, como hace el mar con los trozos de madera y los tampones en las playas de Scalea.

Para mí tú eras como la fábrica de acero de Terni para la localidad de Narni durante el boom económico.

Por la tarde follábamos con las persianas bajadas y la puerta cerrada con llave.

Solo podíamos hacerlo en nuestros cuartos, porque teníamos gente en casa, padres imprevisibles y las habitaciones cerca.

Gianluca siempre volvía antes del trabajo. Nunca entraba en mi cuarto, pero yo prefería tener cuidado, porque una puerta cerrada con llave podía hacer que se fijara en mí.

Siempre me reprochaba, y sigue reprochándome cuando dejo el mundo fuera, que «Hay que vendar las heridas, no los ojos. Tienes que ser más fuerte».

Yo me cierro con llave porque no me fío.

Porque todas las personas que he conocido y conozco son como la nevera de mi casa, que está llena la primera semana y las otras tres solo quedan cebollas, que me hacen llorar.

Me cuesta mantener relaciones humanas, porque me enseñaron que hay que dar mucho para recibir mucho, pero eso no se lo enseñan a todo el mundo.

Tendría que estudiar, pero estudio la manera de no pensar en ti.

Y te sigo escribiendo, aunque luego no envíe ningún mensaje, porque el mundo que me gusta eres tú. En primaria, a principios de septiembre del primer año, ya sabía que me haría muy amigo de mi compañero de pupitre. Igual me pasó contigo. Te quise desde el principio, aunque ahora finja que solo soy un amigo para acallar ese pasado incómodo en el que fuimos compañeros de vida. Porque echo a todas las personas que me recuerdan a ti. ¿Por qué echo a todas las personas que me recuerdan a ti?

Y ahora espero que me importe un pito. Como hiciste tú. Cuando terminó, enseguida quisiste estar a la altura del mundo. Y yo también debería intentarlo, pero tu recuerdo se me ha quedado incrustado en la mente, como un okupa. Ya estoy cansado de pensar en cosas que no ocurren, cansado de pensar que fuiste la manera más lógica de medir mi vida.

—¿Hacemos el amor? —te pregunté un día.

—¿A esta hora?

—Ahora.

Me llevas por donde quieres, te llevo en el corazón

Hoy finjo no verte, evito tu mirada cuando la posas en mí.

Como cuando evito mirarme en los cristales por la calle porque no me gusto.

Con los ojos fijos delante de mí, me digo «No lo hagas, no te des la vuelta».

Es muy difícil mirar donde no estás tú.

Mantengo la distancia de seguridad, me vuelvo un poco mientras tú sigues con tu vida y yo estoy hecho una ruina.

Me llevas por donde quieres, te llevo en el corazón.

Aún puedes desintegrarme en un momento.

Cuando me pierdo porque no conozco los nombres de las calles, tú sigues siendo mi lugar.

En cambio, mis amigos, cuando se encuentran con sus ex, se despiden de ellas. No sé cómo lo hacen.

Yo no sabría decirte cada vez «Adiós de nuevo».

Me gustaría tener tu misma fuerza cuando me miras, pero es más fácil simular que no te veo, porque no quiero saber cómo me miras.

Si quieres decirme algo, si buscas reafirmarte.

He aprendido que no hay que reavivar los adioses. Es frustrante que se parezcan tanto a un hasta pronto.

Me miras, pero no me tocas de verdad.

No es que te eche de menos, es que soy menos sin ti.

Respiro menos, tengo menos ganas de alzar los ojos, menos tiempo para pensar en otras cosas.

Si tú faltaras, yo no tendría un vagón.

Soy menos sin ti, y no tengo vías donde vivir.

No sufras por mí, ya lo hago yo

Algunos días, al salir del colegio, alargábamos el camino y pasábamos por las calles del centro. Mamá se paraba delante de todos los escaparates. Compraba pocas cosas. Cosas que se parecían a otras que ya tenía, creía yo.

«Acumular objetos similares indica un vacío que queremos llenar», leí en alguna parte.

Mi madre no se arriesgaba.

Más bien rascaba.

Tenía suficiente con lo poco que le daban.

Me leía en la cara que no la entendía.

—Soy una mujer, es normal.

Se reía como una chiquilla.

Me acariciaba la cabeza.

Delante de un espejo, se ponía por encima la ropa y se observaba de perfil. Nunca se probaba nada, por mucho que los dependientes le señalaran los probadores. Ellos tampoco la entendían.

Decía «Me queda bien», «Me gusta mucho» y no añadía nada más.

Pagaba la ropa con la tarjeta de crédito, nunca llevaba dinero en metálico. Luego en casa se lo probaba todo. No siempre acertaba la talla.

Nunca comprendí su forma de elegir las cosas. Yo creo que hizo lo mismo con Gianluca. Hizo que, al principio, el sentimiento solo la rozara y pensó «Me queda bien».

Sin usar nunca la cabeza.

Sin desnudarse nunca.

Sin meterse dentro.

Delante del espejo, se sujetaba el pelo detrás de la oreja y se convencía de que ciertos espacios los llenaría al crecer. De que los abrazos serían costuras. Ella era así, miraba los cigarrillos hasta que se consumían y antes de tirarlos al suelo lo pensaba un poco. Luego los aplastaba suavemente con el pie.

El amor no es un par de zapatos.

Si te van pequeños, no te entran, y si los fuerzas, te haces daño.

El amor es un vestido que te pones convencida de que estás guapísima. Te lo pones debajo de la chaqueta y solo lo sientes tú. Tú eres la única que lo reconoce en el tiempo, entre fotos que te hacen pensar en voz alta: «¿Cómo iba vestida?».

¿Cómo iba vestida cuando papá la enredó?

Debió de decirle «Eres preciosa» y ella debió de pensar «Me gusta mucho».

Debió de pensar «No se da cuenta de que yo elijo como si ya me hubieran elegido».

El enredo se da porque la confianza se parece mucho al amor, pero las personas no son como la ropa, no esperan que crezcas, que llenes los espacios en silencio.

Las personas te recuerdan que no eres suficiente, que pueden prescindir de ti.

Las personas son como los zapatos.

Mamá era una mujer frágil, se rompía en silencio.

Ese tipo de persona a la que le preguntas «¿Todo bien?» y nunca crees la respuesta que te da.

Ella decía «Me queda bien» cuando quería decir «Me quedará bien».

Decía «Quiero a tu padre» cuando quería decir «No conseguiré nada mejor».

El enredo se da cuando la confianza se parece mucho al amor, y ella confiaba en papá, creía que iba a crecer dentro de ese sentimiento, que un día ese vestido le quedaría bien.

—Enri. —Mamá, antes de decirme algo, siempre me llamaba por mi nombre—. ¿Te he contado alguna vez la historia de los ríos? Cada río, para llegar al mar, elige un trayecto tres veces más largo del que recorrería si fuese recto. Los ríos no están locos, pero su naturaleza los impulsa a elegir un camino tres veces más largo de lo normal. Pensándolo bien, si para ellos tiene sentido dar tantas vueltas, quizá también lo tenga para nosotros. Es una idea que tranquiliza, ¿no crees?

Te habría querido incluso sin amor

Bajabas la escalera, porque no cogías ascensores. Decías «No es culpa tuya, tu madre te quiere» y, para distraerme, me llevabas por ahí tardes enteras a arrancar con las llaves los adhesivos de extrema derecha de los postes. Sonreías y andabas, y el pelo se te metía en los ojos.

Hablabas poco de tus problemas y yo no te preguntaba nada.

Hablabas de períodos históricos lejanos como si los hubieras vivido.

—Si aún estuviera el Che...

Lo decías mientras liabas el enésimo porro de hierba. Invertías todo tu dinero en eso. Y el sábado por la noche, en vez de ir al cine, acabábamos entre desconocidos, fumando.

En aquella época, lo más importante era estar lejos de casa, como quien se mete en la autopista para huir de una ciudad sin amigos.

Arrancábamos los adhesivos con satisfacción, porque, para nosotros, la izquierda no era una utopía.

Para nosotros, era una idea.

Aún tengo el llavero con la cara roja del Che. Era de Paolo, mi abuelo. Me lo regaló cuando cumplí catorce años. Al principio no me gustó, como ocurría con mi nombre; de niño lo detestaba, porque habría preferido uno que sonara americano, como el de mis héroes favoritos.

A los desconocidos les decía que me llamaba Henry, alterando el nombre de Potter.

Tenía once años.

—Enrico es un hombre importante —me decía mamá cuando me llamaban por el nombre que yo había elegido en la puerta del colegio.

Alda había crecido con el póster de Berlinguer en su habitación.

En Nochevieja, delante de la tele, el abuelo siempre le contaba, con detalles cada vez distintos, el último mitin de Berlinguer en Padua, antes de la muerte del PCI.

En los últimos meses, los comunistas han vuelto a demostrar que saben luchar para garantizar las libertades...

Era la única frase que reproducía exacta y que recordaba perfectamente; las demás eran fruto de su imaginación.

Luego también me lo contaba a mí.

Una noche tú estabas con nosotros y lo mirabas como quien busca las estrellas. Estabas concentrada mientras hablaba. En la habitación, me dijiste que yo tenía suerte cuando me disculpé por sus palabras excesivas.

—Perdona, mi abuelo habla muchísimo. Cuando ve personas nuevas se exalta, él es así.

—Yo lo habría escuchado durante horas —murmuraste, pensativa—. «Los comunistas han vuelto a demostrar...»

Te asomaste a la ventana, porque en casa no se podía fumar, y pensaste en voz alta:

—Nos han rodeado de iglesias y fascismo. Para entrar en una dictadura, bastan los aplausos, pero, para salir de ella, se necesita por lo menos un muerto.

Ciertas cosas solo las entendías tú las noches en que no querías que te entendiera.

Me pedías que no fuese un padre como el tuyo, que para ser feliz con su familia vivía esperando algo perennemente, un derbi ganado, buen o mal humor, la aprobación de su jefe.

Me pedías que no fuera un padre como el mío, que había entendido poco o nada a su mujer.

Tenías un cuello para llenarlo de besos y yo te escondía la bufanda mientras estudiabas.

Cuando no querías volver a casa, hacías cualquier cosa para perder el autobús.

Y yo te dejaba hacer.

Porque te habría querido incluso sin amor, con todo el dolor posible, como hizo mi madre con papá.

Cuando venías a mi casa, procurábamos comer en la habitación, porque en la cocina, de no haber sido por la televisión y la política, mis padres no habrían tenido de qué hablar. Y nos sentíamos incómodos, atrapados entre dos fuegos silenciosos. Sin duda, te preguntabas cómo podían dormir juntos, mirar la misma pared, tener el mismo hijo.

Hay quien, al cabo de un tiempo, no logra que lo escuchen, por mucho que grite. Quien ya no tiene nada que decir y, a pesar de ello, sigue con su compañero porque cree en las derrotas estimulantes, aunque la verdad es que le da miedo estar solo.

El error consiste en creer que se parecen solo porque han estado juntos.

Parejas que recuerdan Inglaterra y Australia, países donde se habla la misma lengua, pero que están en dos continentes distintos.

Moriré y no saldré en los periódicos

Siempre he tenido la cara pálida, ese tipo de cara que al tomar el sol se pone de un rojo vergonzoso.

Mi abuelo estaba convencido de que era así porque comía poca carne, y en la mesa se pasaba el rato observándome.

Cuando me levantaba antes que los demás, él no paraba de hablar de mí.

—¿Ves como tengo razón? —le decía a mamá, porque papá ya estaba en el salón, delante del televisor.

Cuando el abuelo comía con nosotros, ella se esforzaba más en la cocina y el segundo siempre era un plato de carne.

En realidad, el abuelo también tenía la cara pálida, pero él había nacido poco antes de la guerra, cuando solo comían *polenta*, unas gachas, tanto para almorzar como para cenar. «Polenta y algo más», bromeaba él.

Creo que los abuelos se preocupan mucho por la salud de sus nietos porque saben que no los verán crecer.

Yo me sentía muy bien en sus ojos.

Me llevaba en el cuadro de la bicicleta y me decía los nombres de las calles.

Me preguntaba «¿Quieres volver a casa?», porque lo divertía oírme decir que no.

Tan frágil que podía romperse en mis abrazos. Delgado como las sonrisas que le marcaban finas arrugas en el rostro. Tenía las manos deformadas por el dolor, pero sabía acariciar.

Me esperaba montado en la bicicleta, en la puerta del colegio, y me llamaba agitando la mano.

La primera vez que vino a recogerme, el segundo día de colegio, me dijo «Hoy mamá no puede», y así fue durante tres años.

En casa del abuelo, en aquella cocina sin televisión ni música, había cuatro sillas y siempre nos sentábamos en el mismo sitio. Los platos se repetían, igual que sus historias.

Criticaba el colegio y esta democracia fascista a base de consumo.

Decía que había que filtrar todo lo que nos enseñaban, porque muchas cosas no eran ciertas.

—¡Que D'Annunzio no era fascista! Vamos a ver... ¿os hablan alguna vez de Tommaso Landolfi?

Aseguraba que las cosas no cambiarían porque hoy hacen la revolución quienes levantan la voz en la calle, mientras que antes hacían la revolución los poetas.

Mi madre tenía un rostro delicado, era una mujer guapa, de pelo castaño, piel fría, de izquierdas. Paolo habría puntualizado «De la vieja izquierda. La izquierda ya no existe».

Alda siempre se dirigía una sonrisa en el espejo. Se miraba complacida las piernas y la espalda, y luego cerraba la puerta tras de sí.

La última vez que la vi no se detuvo antes de salir, no se miró ni un segundo. Tenía un rostro pensativo, nada delicado.

No era la primera vez que yo asistía a aquella escena. Ya había pensado en irse y lo había intentado.

Yo estaba en medio del salón, no pregunté nada, ya lo sabía. Pero no sabía que iba a crecer en una familia que luego se separaría.

Como la vieja izquierda.

En una casa que ya no sería la mía. Porque cuando el abuelo murió, nos trasladamos a su casa.

Era muy temprano cuando Gianluca me llamó para decirme que fuera al hospital.

En cuanto llegué, pregunté por mi abuelo en la entrada. El recepcionista quiso saber si era un pariente y contesté que sí, cabizbajo. Me dijo que esperara y me quedé en la sala hasta las dos.

Cuando entré, papá ya estaba allí, sentado en una silla, de espaldas. Trató de abrazarme, pero yo, instintivamente, me aparté. No estaba allí por él y no tenía que haber esperado un momento como ese para abrazarme, había habido otras ocasiones.

Otras vidas.

Los hombres no se tocan. Me había educado así.

Mamá todavía no sabía nada, no queríamos que se preocupara.

En sus últimos meses de vida, habíamos llevado a menudo al abuelo al hospital, y luego siempre volvía a casa con nosotros.

Pero aquella vez no fue así.

Dormía con unos tubos que le entraban y le salían del cuerpo, con la frente hacia el techo y los brazos caídos junto a las caderas. Tenía los labios agrietados y nos dijeron que llevaba más de dos horas dormido.

No cambió de postura en ningún momento.

Me lo quedé mirando hasta que me dijeron que me fuera. Papá se quedó a dormir en el hospital. Yo no podía, porque al día siguiente tenía que ir al instituto.

Me escribieron un mensaje para decir que nos había dejado.

Un tumor lo había consumido en menos de un año.

Lloré.

Había perdido a mi mejor amigo.

No era un tipo que diera besos, era un revolucionario, había visto la guerra y utilizaba expresiones desenfadadas para ahuyentar del pensamiento las maldades humanas.

Se aferraba tanto a la vida que la frase que más me repetía era «Me da miedo morir por primera vez», como si yo pudiera hacer algo.

Era un hombre de pocas palabras, como papá. Pero, a diferencia de él, me escuchaba.

—Hay que escuchar a los jóvenes —solía decir.

No era un hombre sabio, pero decía lo que pensaba.

En casa no lo esperaba nadie. Mi abuela Serena había muerto diez años antes de un paro cardíaco. Paolo, en sus últimos meses de vida, hablaba poco y en voz baja. Ya no podía más.

Aquel día, mientras iba al hospital y luego, al volver a casa, pensaba todo el rato en cómo debe de ser enfrentarse a algo que no tiene alternativas, saber que no podrás replicar y que no volverán a decepcionarte.

Pensé «Moriré y no saldré en los periódicos».

Pensé que moriría con un hilo de voz, hablando conmigo mismo, haciendo poco ruido.

Que me odiaría por todas las veces que no lo he intentado, por todas las veces que no he resistido.

Que me quedaría solo, como las cabinas de teléfono que luego quitaron, cuando todo el mundo veía la cadena RAI Uno en horario de máxima audiencia.

Pensé que me arrepentiría de todas las veces que he dicho «Adiós» llorando, de todas las veces que he dicho «Yo también» tratando al amor como un número impar.

Pensé en Pasolini, que tanto le gustaba a mi madre.

En los poemas de mi madre.

Pensé que los periódicos no acabarán cuando muera, el mundo no se detendrá ni siquiera en los minutos de silencio.

Que moriré porque nací.

Que el último de mis días sufriré por todas las veces que he hecho como si nada, igual que los sindicalistas.

Pensaré en las caras que puse cuando tenía que haber dicho algo y me quedé callado.

Pensaré que nadie ha tenido mis ojos, nadie ha tenido mi nariz, nadie ha tenido mis manos y en que me he comportado como los demás, sin los demás. En las leyes que no aman la vida, en las vidas que no han tenido un rescate.

Pensaré en los días más bonitos, que luego se apagaron como los días que no recuerdo.

Porque la noche ocurre y ya está, cumple con su naturaleza, mientras yo siempre he hecho lo que me pedían.

Pensaré en los años desperdiciados.

En las colillas de cigarrillos, de emociones, de sentimientos tirados al suelo sin el más mínimo reparo.

En que me he equivocado en algunas cosas.

En cómo me equivoqué al mantenerme al margen.

En las veces que salí sin tener billete.

Y pensaré que tendría que haber vivido así siempre. Sin esperar, sin pensar, sin paradas.

Pensaré en cuando me cogieron la mano y cerré el puño.

En cuando me pidieron disculpas y cerré el corazón.

En cuando me dijeron «Volveré» y cerré una puerta.

En cuando me abrieron una puerta y, por miedo, me quedé mirando en un rincón.

En los días de sol en que cerraba un poco los ojos, en los días de lluvia en que cerraba un poco los ojos.

En cuando nos besamos por primera vez y cerré un poco los ojos.

Pensé: me da miedo morir por primera vez.

Se rindieron

Alda me lo explicó todo un sábado por la mañana.

Entró en mi habitación y dijo que se iba porque necesitaba su espacio, que papá la había decepcionado muchas veces.

Que el abuelo era la única razón por la que se había quedado y que ahora podía irse.

—En algunos casos, la buena voluntad no es suficiente —añadió.

Siguieron unos meses confusos.

Peleas.

Yo no participé en ninguna decisión, no me preguntaron ni siquiera cuando nos cambiamos de piso.

Casi todos los parientes y conocidos se decantaron por una de las dos partes.

Yo no pude, aunque Gianluca nunca hubiera sido un padre para mí.

Teníamos poco que decirnos y cuando trataba de contarle algo, me pedía que fuera con mamá y le cogiese la mano.

En cambio, con los hijos de los demás sabía reírse y bromear.

Durante años fue la causa de todos mis sufrimientos, pero

nunca se dio cuenta, ni una sola vez. Ni siquiera cuando, en mi undécimo cumpleaños, decidí esperarlo para apagar las velas y no se presentó.

Es terrible el sentimiento de impotencia que genera ver cómo se desintegra tu familia y no tener instrumentos para hacer algo.

Imaginar que serás un invitado en casa de tu madre y que intentará corromperte para que aceptes a su nuevo compañero.

Siguieron unos meses separados pero en casa, porque su mentalidad hipócrita los llevaba a considerar más importante lo que pudieran decir de nosotros los amigos de la familia que lo que estaba pasando yo, que no tenía ningún amigo en la familia.

No estoy en contra del divorcio.

Separar dos elementos que no funcionan solo puede ser para bien.

En el amor, estoy en contra de los acuerdos.

Un día, Alda salió de casa para no volver. Puso una maleta encima de la cama y en pocos minutos la llenó. Los abogados se ocuparon del resto. Subió a un taxi y se fue. No tuve valor para decir nada.

No hablé con nadie de ello.

No es cierto que solo sufren los niños. Los adolescentes sufren más, porque han sido niños y no han tenido la posibilidad de impedir que su madre o su padre se fueran.

En los años siguientes, todo esto no desembocó nunca en un conflicto abierto con mi padre, porque me atacaba para no ser atacado, no quería sentirse culpable, no quería enfrentarse a mí ni a la verdad.

Durante una larga temporada dejó de trabajar, se quedaba en casa mirando la pared. Escondía las botellas de whisky detrás del sofá y en la papelera del cuarto de baño, y debajo de la cama, los vasos, que la mujer de la limpieza llevaba a la cocina. No podía subir la escalera, no aguantaba el día entero. Salía pronto y volvía tarde. Cuando le preguntaba «¿Dónde has estado?», me contestaba «En el abogado».

Filtraba la infelicidad con la severidad.

Como quien te hace un desplante porque ha sufrido uno.

Cuando estaba en casa, me preguntaba desde el salón si había hecho los deberes, si saldría y adónde iba, si pasarías a verme y si habías dormido conmigo.

Mamá ya no soportaba los vicios de Gianluca, su forma de mentirnos continuamente y de mentirse a sí mismo. Había aparcado su amor en un barrio difícil.

—Cuando te haces daño, no te lo haces solo a ti mismo, también a los que están a tu lado —me decía en la cocina cuando encontraba en el cubo del plástico las botellas de cristal que Gianluca había intentado hacer desaparecer.

Bebía habitualmente y cuando se pasaba, se dormía.

Me hacía reír, porque mientras trataba de despertarlo siempre me decía «No estoy durmiendo».

En aquellos momentos, me preguntaba si mi matrimonio también acabaría así.

Tú te reías, pero yo quería descubrirlo contigo.

Cuando venían invitados o íbamos a comer a casa de mis tíos, de pronto nos encontrábamos a papá durmiendo en el sofá y procurábamos hacer como si nada.

En el coche, cuando volvíamos a casa, mamá lloraba y cuando le preguntaba «¿Qué te pasa, ma?», siempre me contestaba «Es que odio conducir».

Y luego la oía en su cuarto. En el lavabo. Y creo que también lloraba en el trabajo.

—¡Antes no eras así! —le gritaba, exhausta.

Porque cuando te obstinas en amar a alguien a toda costa, solo consigues hacerte daño.

Los domingos, Gianluca bebía desde la hora de comer hasta la noche. Si notaba que lo estaba observando, me decía «No te preocupes». Y luego se divorciaron.

Y divorciarse fue lo más fácil de todo.

Separarse lo más difícil, porque Gianluca era una parte, un trozo de Alda, no su mitad, a pesar de que todavía durmiera en su mitad de la cama. Si hubieran sido mitades, el dolor se habría dividido en dos, cada uno habría sufrido por sí mismo. Pero no fue así, papá sufrió por él y por ella, mamá sufrió por ella y por él, y quizá también por mí.

Sufrir nos hace ser conscientes de que hubo más días en que fingimos que días en que sonreímos de verdad, porque cuando nos damos cuenta de que no podremos ser felices mañana, pensamos en cuánto lo fuimos ayer. Y olvidamos que el hoy no lo encontraremos en ningún calendario, ni siquiera ahora.

De tanto decir «Estábamos mejor cuando estábamos peor», nos acostumbramos a estar mal, a no hacer ningún esfuerzo, porque de tanto decir «Estábamos mejor...», no seremos nunca ahora.

Y seguiremos hablando de cuando nos lo perdonábamos todo, de cuando vernos tres veces a la semana nos parecía poco, de cuando nos dormíamos en el sofá con la tele encendida y nos despertábamos cuando alguien la apagaba.

Mis padres hicieron eso, dejaron pasar el tiempo sin hacer jamás un esfuerzo, convencidos de que era lo mejor.

Como si el mal solo existiera después de haber pedido disculpas.

Y se fueron apagando sin oponer resistencia.

Convirtieron su vida juntos en una vida cualquiera, sin más horas que compartir. Convirtieron sus recuerdos en una manera de vivir.

Se rindieron.

El amor es estar ahí, la felicidad es acompañar

Hay que ser valiente para esperar a quien no vuelve, para amar a una persona que parece haber cambiado. Porque si realmente es distinta... ¿a quién estamos amando?

He aprendido que a las personas les gustan las cosas que no pueden cambiar, por eso muchas viven en el pasado. Por eso somos nosotros quienes les damos un nombre a nuestros hijos.

Y nos pasamos la vida diciendo «No cambies nunca», pero luego nos quejamos de que somos siempre los mismos, y nos pasamos la vida diciendo «No cambies nunca» sin pensar que así es imposible mejorar.

Y quizá no seamos tan valientes, porque cuando dejamos una relación suele ser porque tenemos a alguien que nos quiere más, que nos llama más, que nos escucha más. Porque no nos interesa el amor, nos interesa ser felices.

El amor es estar ahí, la felicidad es acompañar.

Y nosotros queremos que nos acompañen, es algo que nos queda desde niños.

Porque no nos interesa ser mejores, solo queremos sentirnos mejor.

Y de tanto hablar de mis padres y de nosotros, parece que nuestras historias se parezcan en las dinámicas, en las cosas no dichas, pero no es así.

Ellos no se querían tanto, pero se quisieron durante mucho tiempo. En cambio, nosotros no nos queríamos casi nunca, pero nos queríamos mucho.

Hoy Alda odia a Gianluca, mientras que yo solo odio todas las veces que tuviste razón.

El amor no promete resultados

Durante un tiempo, cada cerradura y cada puerta que se abría era mamá, que regresaba.

Cada luz encendida en casa, vista desde la calle, era ella poniendo sus cosas donde siempre, sentada en la cama, con la maleta a sus pies.

Me prometí que si volvía no le haría preguntas, que la aceptaría sin más.

Yo dormía para dejar de existir.

Cerraba los ojos y pensaba en cuando le decía «Tú tienes los ojos más bonitos» y ella contestaba en broma «Enri, tienes que elegirme porque mis ojos son bonitos y punto, no porque sean más bonitos que otros ojos».

El primer «Te quiero» se lo dije a mamá cuando tenía seis años.

No sabía muy bien qué significaba, pero, por su reacción, comprendí que era algo bueno y me sorprendió. Hasta entonces, siempre la había querido con gestos.

Oí la frase en un anuncio de productos para la casa. Había una chica que no conseguía limpiar el suelo a fondo, le pedía ayuda a la vecina y descubría un friegasuelos tan eficaz que se enamoraba de él.

Aquel día, mi madre me besó en los labios, me cogió en brazos y dijo «Yo también te quiero».

El amor que se siente por un progenitor existe sin más, no nace de una apreciación.

Los padres traen al mundo a los hijos.

Los hijos traen al mundo a los padres.

Yo quiero a mi madre. En cambio, mi padre ha perdido mi confianza.

Lo primero que aprendí de niño es que la ausencia de un progenitor es parte de la vida.

Que podemos nacer menos afortunados y crecer menos queridos. Ahora mi madre vive en Nueva York. Se trasladó allí por trabajo poco después de obtener el divorcio y, de vez en cuando, me escribe.

Me llama cada vez menos.

Las llamadas se acortan según pasa el tiempo y la ciudad se prepara para el invierno.

La sensación de abandono quema ahora igual que antes.

Una mañana, mamá dijo «Me voy, tengo que irme». Me dejó ahí, en medio del salón, y subió a un taxi que se la llevó.

Para mis amigos, el hecho de que mis padres se separaran era algo normal.

Mamá no podía más, no tenía ahorros y su hijo ya era un hombre, salía con una chica de pocas palabras, a la que no le gustaban sus platos.

Alda me dio a luz cuando tenía más o menos mi edad. Después de la selectividad, se instaló en casa de papá, un piso que él había alquilado para estar lejos de sus padres, a los que no he conocido. No tenían buena relación y nunca me ha llevado a verlos a Génova.

Mis padres siempre trabajaron los dos. Por la tarde, mi madre daba clases de repaso y por la mañana, enseñaba en dos institutos. Solo teníamos un coche y se desplazaba en bici. Al salir de clase, se reía de buena gana con sus compañeras, se negaba a que la acompañaran en coche cuando llovía y, si podía, se quedaba en la sala de profesores corrigiendo los deberes. Me escribía un whatsapp para decirme que llegaría tarde y yo sabía que estaba allí.

Nunca vi besarse a mis padres.

Abrazarse sí. Luego papá la besaba en el cuello y ella entornaba los ojos, como diciendo «Quédate».

Él nunca entendió ese gesto.

A causa del trabajo, empezaron a verse cada vez menos. En casa solo coincidían por la noche y muchas veces papá ya llegaba borracho. Solo le dirigía la palabra para pedirle dinero. Solo para decirle que el fin de semana no estaría.

Los llantos repentinos caían como derrumbamientos, mamá con la frente apoyada en la mesa, ocultándose con un brazo para que el mundo no la viera.

—Estás más guapa cuando sonríes, mamá.

—No quiero ser guapa, quiero ser feliz. Es mejor.

Casados no es sinónimo de unidos, unidos no es sinónimo de padres.

Los niños no necesitan padres casados, sino padres felices.

Mamá estaba rodeada de hombres: Gianluca, su padre y yo.

El abuelo era el único que la escuchaba de verdad, aunque hablara levantando la voz, aunque no la mirase nunca a los ojos.

Cuando nos dejó, fue como cuando lees un libro, pasas la primera página y no hay nada.

La mañana de la selectividad, en el coche, enfrente del instituto, mi madre me dijo «Ser feliz es lo más importante. Si no lo somos, es mejor prescindir del amor. Más que una vida sin sentimientos, lo que me asustaba era una vida en solitario. Porque cuando tienes a alguien a tu lado, puedes culparlo de tus soledades, del amor que has dado, que es mucho para ti, pero que nunca es suficiente. El amor no promete resultados. Amarse sí. Lo difícil es entenderlo. Creo que ha llegado mi momento. Tu padre no puede ser más importante que mi felicidad».

Hasta que la vida nos una

No sabemos gestionar las relaciones humanas y nos condenamos con los «Hasta que la muerte nos separe».

Es lo que hicieron mis padres. Anularon sus identidades y sus pasiones para convivir. Trabajaron el doble para mantener esa casa y pagar los gastos. Al despertarse ya estaban cansados.

Yo volvía a casa y no había nadie. Comía y después iba a hacerle compañía al abuelo.

Yo no me habría casado contigo. Prefería decirte que un día lo haría y añadir que siempre es mejor que no llegue nunca el futuro.

Comprendí que las cosas que no tenía eran bonitas por eso.

Que era mejor mirar a lo lejos que estar lejos.

Que estar cerca no era suficiente para mí, porque en ese cerca todavía existe distancia.

Lo comprendí mientras esperaba inútilmente una canción de Subsonica en la radio.

Estaba en silencio. E intuía que, con el tiempo, acabarías desmontando todos mis superlativos absolutos.

Que prefería follarte, porque el amor no se hace, se es.

Y tú no tenías que demostrarme nada, tenías que ser.

El amor no tiene que demostrar.

Estaba jodido, porque cuando encuentras a la persona que se convierte en el lugar al que regresas en cuanto puedes, estás jodido.

A veces solo regresas con la mente, años después, mientras haces el amor con otra.

Te escribía «Te compraría una casa cerca de la mía solo para mirarte mientras sales, para que no salgas de mi vida».

El sabor de una persona no lo vuelves a encontrar, ni siquiera en los chicles.

Lo sé por experiencia.

Que se jodan los que intercambian frases de *Anatomía de Grey* y no han leído nunca a Murakami.

Que se jodan los que de pronto, un día, te dejan como si fueras un mechero en una cocina con fogones de encendido automático.

Que se jodan los tipos a los que les gusta el matrimonio.

Yo no me habría casado contigo, no habría pensado en un «Hasta que la muerte nos separe», porque ni siquiera hoy sabría morir a tu lado, porque nunca hay que casarse con el primer amor.

Somos como los desórdenes de nuestros bolsillos, de nuestros coches llenos de kilómetros, peleas inútiles y folleteo.

No somos como nuestras casas, compradas no para ser felices, sino para ser como los demás.

A Gianluca le influía la opinión de los vecinos, que solo ejercieron de buenos vecinos cuando el terremoto. Que nos abrazaron cuando Paolo se fue y no lo hicieron nunca más.

¿Trabajar el doble o amarse el doble? En cualquier caso, el doble es demasiado.

Si se hubieran dicho «Hasta que la vida nos una», habrían evitado dormir juntos cuando ya no se soportaban.

Follar para poner a prueba el amor.

No es cierto que las palabras no son nada, porque cuando me dijiste «Adiós» llegué a unos mínimos históricos.

La muerte, además de separar, aflige.

La vida, además de unir, protege.

Fuimos silencio, fuimos ruido

Perdí el acento del sur.

Después de una semana de vacaciones, volvimos a casa y el calor en la ciudad era insoportable. Faltaban pocos días para finales de agosto, los aparcamientos aún estaban medio vacíos y los viernes por la noche podíamos andar por el centro sin tropezar con la gente. El mar de Praia se te quedó tan grabado que comparabas el nuestro con un charco.

Salíamos poco de casa, nos pasábamos horas en la cama y almorzábamos en la terraza. Con la cuchara, deslizabas el arroz hasta las esquinas del plato, comías poco y, de vez en cuando, dejabas caer la ceniza del cigarrillo al suelo mirando a otro lado, como para no sentirte culpable.

No teníamos muchos amigos. Los de nuestra edad se iban por la mañana a la playa y volvían a casa a última hora de la tarde. Y así todo el verano.

No queríamos mezclarnos con ellos.

Íbamos todos los días en chanclas, y cuando llovía era difícil salir a hacer la compra.

La nuestra era una ciudad de hijos de padres influyentes con el futuro en el bolsillo, donde los jóvenes hacían todo lo posible por homologarse y no por lograr un mínimo de independencia. Nosotros intentábamos evitar todo esto incluso en el instituto.

Eras guapa, no necesitabas crear un grupo, las personas se te acercaban sin que hicieras nada.

Me enfadaba porque cuando los demás te miraban, tú levantabas la vista.

—¿Y ahora qué he hecho? —preguntaste casi gritando.

—Es que eres tan guapa... —pensé casi gritando.

—No creas que me gusta que me digas que soy guapa. No me sirve para nada. Como si serlo sirviera para estar mejor en el mundo.

Lo dijiste en tono molesto, delante del espejo, en los probadores de Zara, mientras te ponías un vestido por encima de las rodillas.

Follábamos y te abrazaba desde atrás mientras te inclinabas hacia delante.

Nos amábamos tanto que te divertía que llegara tarde.

Siempre llevábamos la mochila al hombro.

Los últimos días de calor en la ciudad los pasamos en los bancos de las calles del centro. Ya nadie iba a la playa, algunos que tenían pareja se fueron a Grecia a terminar el dinero que les quedaba y volvieron al poco, solteros.

Las bibliotecas estaban llenas y era casi imposible estudiar. No había sitio, ni aire acondicionado.

Septiembre era el mes de las recuperaciones y los exámenes.

El mes en que yo desaparecía porque tenía que recuperar matemáticas.

Cuando no estaba, ibas a comprar algo de fumar tú sola,

detrás de la plaza San Francesco, y fumabas en el sótano, con la puerta entornada.

Estabas poco en casa, discutías con tus padres sin ningún margen de negociación.

Tu madre te había matriculado en el bachillerato lingüístico y te presionaba para que hicieras Derecho.

—La muy gilipollas quiere vivir mi vida —decías y solías repetir que no eras como tu hermana, que jugaba a ser la hija perfecta. Tú tenías hambre de experiencias y no te veías estudiando toda la vida para hacer feliz a tu madre. Pensabas irte a Indonesia a los veinticinco años.

Largos silencios de cinco minutos, tendidos en la cama mirándonos las rodillas y el techo.

Sabías herirme con pocas palabras y no estaba preparado. Antes de ti, la vida siempre me había vestido ligero en cuestión de sentimientos.

Me preguntaba «¿Qué es esta sensación?» y era que te echaba de menos.

Los primeros días, sonreías como para llenar dos vidas y superar las paranoias.

Cuando discutíamos, te ibas sin volverte y luego yo todo el rato creía que vibraba el móvil, pero no era así.

Me jodiste.

Tú y tus mejores sonrisas inolvidables, tú y eso de que me entendías hasta cuando parecías distraída.

«No me has cambiado la vida, y me habría encantado que lo hicieras. Me demuestras que puedes cambiármela y luego me dejas así. Por eso te odio», me escribiste al final de un mensaje largo.

Nunca me disculpé por aquella noche, cuando me dijiste que tenías un retraso y te hice sentir culpable. Entraste en casa sin hacer ruido.

—No me viene desde hace dos semanas.

—No es mío —respondí yo, como un cabrón, sin pensarlo.

Te fuiste empujándome.

Nunca llorabas delante de mí.

—Hay que ser muy valiente para mostrarse frágil ante los demás —decías.

Tú eras frágil, aunque no quisieras demostrarlo.

La felicidad siempre lo es.

No sé por qué me querías.

A mí, que nunca fui capaz de sorprenderte.

A mí, que me pasaba la vida tratando de ser mejor que los demás comparándome con quienes eran peores que yo.

A mí, que me aferro a la lógica, no a la realidad. Me querías a mí y eras infeliz.

Fuimos las respuestas que no querías oír, fuimos los amores que terminan sin hablarse siquiera, que empiezan sin necesidad de explicarse.

Fuimos risas forzadas para no pensar en los desastres, cremalleras cerradas hasta el cuello como abrazos para no pensar en el frío.

Fuimos silencio, fuimos ruido.

Estuvimos cerca y nos echamos de menos.

Tu mejor perfil era el del corazón; tu peor perfil, tu lado orgulloso.

Hicimos el amor sin desnudarnos, la guerra sin tocarnos, mil proyectos en desacuerdo.

Somos lo que desperdiciamos, poca valentía para convertirnos en lo que habríamos podido ser.

Fuimos el optimismo que te dice que existe un lugar mejor.

Nos equivocamos de camino tantas veces que dejamos de escuchar al corazón y confiamos en los móviles, las dudas, los conocidos que nos decían que estaban mejor solos. E intentamos descubrir si era cierto, fuimos unos estúpidos.

Estuvimos debajo de tu casa hasta las cuatro de la madrugada con los ojos llenos de sueño y el corazón lleno de intenciones.

Nos fastidiaron esas mentiras que contábamos tan bien y que después nos hicieron tanto daño, porque nos impidieron seguir queriendo, como si el ayer no hubiera existido nunca.

Cuando me mirabas me sentía alguien

Tú no habías perdido el acento del sur. No te deshacías de él, como si quisieras decirle a todo el mundo que te habías marchado durante un tiempo.

Folllábamos, jadeabas y te contenías mordiéndote el labio inferior.

Nos amábamos y ocupabas la primera fila aunque estuvieras en el fondo del corazón.

La noche antes del primer día de instituto, dormiste en mi casa. Fumamos mucho, risas deformadas y largos suspiros nos mantenían despiertos.

—Tienes los ojos bonitos que miras —te dije. Estabas bebiendo té. Te encantaba el té verde sin azúcar, sobre todo por la noche.

Me contestaste riendo que la frase no tenía sentido, pero que sonaba muy bien.

No sabías que cuando me mirabas me sentía alguien.

Fue el año que se fue mi madre. Me comportaba como si todo me estuviera permitido solo porque sufría. Hablaba sin ton ni son. Me dejabas por borde y volvías a los pocos días para darme aliento.

Todas las conversaciones con los compañeros de clase, que el día antes nos habían visto discutir en la puerta del instituto, empezaban con un «hemos vuelto».

Me dabas puñetazos en el pecho, como si llamaras a la puerta.

Teníamos que habernos querido como los que no hablan la misma lengua, por gestos.

Cuando te conocí, pensé «Podría aprender», pero no fue así.

Yo nunca fui como las frases que subrayabas en los libros. Nunca pude ser como las cosas que veías y te parabas a observar. Nunca tuve cuidado, creía que el amor era las veces que pensabas en mí, no lo que pensabas de mí. Por eso temía que me olvidaras.

Aprendí que no hay nada peor que no ser elegido cuando el corazón ya ha elegido, que haberte amado tanto no bastará si te aman mejor.

Te miraba porque quería que me vieras. Ahora te miraría durante horas, aunque estuvieras de espaldas.

Ciertas cosas que nos dijimos no he vuelto a oírlas después de ti.

Ciertos silencios no he vuelto a escucharlos, no he regresado a los bancos donde nos sentábamos a hablar.

El alcalde mandó retirarlos para alejar a los vagabundos y los inmigrantes de la estación.

Quizá para alejarte de mí.

Y pensar que yo creía que no podía estar sin ti. Pero sigo vivo, y vacío.

Nunca te pregunté en qué podía cambiar, porque me daba miedo no conseguirlo.

No te pedí que te quedaras, porque yo ya había fracasado.

Creí que un buen físico me ayudaría a olvidarte a ti, que eras delgada y tenías los dedos finos.

Pero más no siempre es suficiente.

Desde que lo dejamos, me comporto como si me vieras a escondidas, como si fueras a llegar de un momento a otro, como si estuvieras detrás de mí en el autobús, escuchando mis conversaciones por teléfono.

Pero tú no llegas, tarde como siempre.

Tarde desde siempre.

Ya no te echo en falta si faltas desde siempre.

Desde que lo dejamos, me comporto como si aún estuvieras solo por la noche. Hablo contigo antes de dormirme, unas veces te sonrío, otras lloro. Otras estás tan en otra parte que me cuesta alejarme de la cama y envidio lo jodidamente bien que se te da alejarte.

Irene, nunca fui como las frases que subrayabas en los libros.

Nunca pude ser como las cosas que veías y te parabas a observar.

Luego perdiste el acento del sur.

Hablabas poco de tu vida antes de mí, como si quisieras olvidarla.

—Que no hables de él no significa que no exista —te dije refiriéndome a Manuel.

En tu habitación aún tenías fotos de cuando estabais juntos. En casi todas parecías feliz.

Eran imágenes de ti que detestabas.

—Tenía trece años. A esa edad, para mí era difícil saber lo que era importante y lo que no. Creía que él lo era. Tenía cuatro años más que yo. Pero yo parecía mayor, fue el año en que mi madre me matriculó en el instituto. Lo conocí en el café literario. Mis amigas, mi hermana y yo pasábamos casi todas las tardes allí. En verano nos íbamos a la playa, pero en invierno y en primavera nos sentábamos en los sofás, o en el jardín interior del café, fingíamos que leíamos libros y hablábamos de personas que no estaban en aquel momento. Manuel iba a estudiar. Estudiaba y escuchaba música con los auriculares. Un día, se acercó a mí con una excusa y se las arregló para conseguir mi teléfono. Me enamoré de él porque era mayor que yo y podía hacer más cosas, cosas que yo desconocía. Tenía una belleza peculiar, siempre llevaba las manos en los bolsillos, incluso cuando me besaba. Salíamos poco de casa, nos quedábamos en su habitación, follando casi siempre. Perdí la virginidad con él. La primera vez me sentí mal, tenía frío en las piernas, le buscaba los ojos y él me miraba el cuerpo. Le daba vergüenza salir por ahí conmigo cuando estaban sus amigos. Solo íbamos a su casa cuando sus padres no estaban. Si no, nos quedábamos en el coche, fuera de la ciudad, en los aparcamientos de los centros comerciales, de noche. Pasaba a recogerme por debajo de mi casa, yo salía con la excusa de ir a estudiar a casa de una compañera que vivía en nuestro barrio. Y así dos años. Me dejó él, por mensaje, por otra de su edad. Sin darme cuenta, dejé de comer, de ir a entrenar. No lo sabes, porque nunca se lo digo a nadie, pero yo hasta hace unos años jugaba al voleibol. Mi madre estaba convencida de que tenía el físico perfecto para ese deporte, y me apuntó. Mis padres nunca estaban en casa. Al cabo de un año, en junio, se dieron cuenta de que estaba adelgazando y de que había suspendido dos asignaturas. Manuel seguía yendo al café, aparecía con ella. Hacía como que no me veía, la besaba delante de todo el mundo, delante de mí. Yo era pequeña. Cuando no has sentido algo antes, no sabes cómo reaccionar. Y yo, en vez de mostrarme impasible, me iba muy nerviosa, empujando a todo el que tenía delante, secándome los ojos. Cuando discutía con ella, me escribía, de pronto me pedía que saliéramos y yo caía en la trampa. Al día siguiente, desaparecía, apagaba el teléfono. Cuando tú y yo nos conocimos, Enrico, yo aún estaba en contacto con él. Cuando me escribía, le contestaba al momento, como una tonta, aunque quería mostrarme indiferente. Tú me comprendías, me escuchabas, me dabas la mano delante de todo el mundo. Era una sensación que nunca había tenido, antes de ti creía que amar de verdad significaba sufrir, que los sentimientos eran un secreto que había que guardar. Me sentía mal y, en vez de reaccionar, pensaba «Cada uno tiene lo que merece», pero no es cierto, Enrico, cada uno tiene lo que quiere. Y yo lo quería a él con todos sus defectos y sus ausencias, lo quería conmigo. Es absurdo, pero lo quería con todo mi corazón. Antes de que llegaras tú, tenía muchas ganas de llorar, pero nunca lo decía. Tenía ganas de poder confiar, pero nunca confiaba, porque la vida no nos resarce de los daños y, al crecer con las decepciones, comprendemos que es mejor que las emociones se queden donde están. No quería volver a arriesgarme, aunque, no sé cómo, siempre había sobrevivido a quien hacía lo que le daba la gana con mi tiempo; a quien, al verme destrozada, utilizaba mis debilidades para herirme; a quien me había dejado y le habría gustado decirme «No vas a saber afrontarlo». A los que me decían que debía confiar para ser feliz, les contestaba que no hay nada peor que abrazar y no sentir que te estrechan, no hay nada peor que ser feliz al tener respuesta a un mensaje que enviaste dos días antes. Les decía que no hay nada peor que amar a quien no te ama y no te deja marchar.

Sentirse mal no cambia el resultado

Luego aprendes que sentirse mal no cambia el resultado.

Que en la vida son las personas equivocadas las que te enseñan algo, que las personas adecuadas sirven para recordarte que no estamos equivocados.

Aprendes que no existen palabras precisas, que, al igual que quien se encarama a una roca viva, actúas por supervivencia, no en consecuencia. Que si ahora me gritaras «¡Jódete!», respondería «Te quiero» para no perderte otra vez.

Luego aprendes que no volverás a amar como cuando tenías catorce años, cuando no te hacías preguntas y no te daba miedo quemarte.

Porque luego siempre acabamos sufriendo por una cosa u otra.

Pero a esa edad no lo sabes, solo te imaginas que las personas cambian, que te aman después de una mirada y luego te dejan por otro.

Luego aprendes que no dirán pestes de ti las personas que conoces desde hace poco, sino las que conoces de toda la vida, las que dejaste en tu habitación mientras ibas a lavarte al cuarto de baño, las que no quisiste dejar solas.

Aprendes a estar en el mundo los días en que no deseas estar. Aprendes que es posible sufrir estando sentado, que no tiene por qué haber cuestas, que basta un mensaje para anularte.

La vida no te enseña a distanciarte de los sentimientos, a decir solamente «Te quiero» cuando amas.

Aprendí yo solo a no descomponerme en público, porque hay quien convierte tus huesos rotos en su punto fuerte.

Aprendí yo solo que «Te quiero» significa «Yo quiero» y «Yo te quiero a ti».

Que a las personas que has amado de verdad no las echas de menos enseguida, las echas de menos con el tiempo.

Aprendes que no puedes aceptar ciertas verdades, por evidentes que sean.

Aprendes a reconocerlo, o al menos yo lo aprendí, a aceptar el hecho de que tú aún sintieras algo por una persona que no te supo valorar.

Nos gusta quien nos hace sufrir, porque la idea de que podríamos haber cambiado las cosas si nos hubiéramos comportado de otra manera es muy tentadora.

Aprendí que llamamos «amor» a muchas cosas por miedo a quedarnos sin él.

Que estar juntos no significa ser iguales, no significa nada si uno de los dos tiene el corazón en otra parte.

Lo aprendí aquella vez que estuvimos toda la noche debajo de tu casa y, antes de subir, me dijiste sonriendo:

—Yo te quiero, pero no te pertenezco.

2 DE OCTUBRE

Regional rápido 2122
Coche 2 plaza 64
Próxima parada: Parma
Retraso: 15 min.

Antes de ti competía con mis amigos a ver quién amaba menos. Era algo así como el cielo, que parece invencible pero nunca ha tocado una flor.

Siempre guardo un detalle para mí

Por las amplias ventanillas, el paisaje corre lento y gradual. Está oscuro y todo lo que se me cruza en la mirada tiene la forma de lo que la ha cruzado hace poco.

Antes de levantarme, me miro los bolsillos.

He decidido que, con el pretexto de ir al lavabo, daré una vuelta por los vagones.

El cielo desaparece tras los árboles mientras me abro paso entre las maletas y los que están parados en el pasillo, hablando por teléfono en un tono de voz más alto de lo habitual para imponerse al sonido continuo de las ruedas sobre las vías.

Ando despacio, apoyo los dedos en el cristal para no perder el equilibrio.

El tren va perdiendo velocidad, casi estamos parados.

Es como si la espera fuera incluida en el precio del billete. Antes de salir, ya sabes que acabarás parado en medio de la nada, preguntándote cuánto falta.

Se me agolpan en la mente todo tipo de pensamientos, pienso que cuando era niño no me gustaba viajar en tren, porque en la estación, los trenes se llevaban a mamá cuando la llamaban para trabajar fuera de la ciudad.

O que ojalá no supiéramos adónde nos llevan, así las largas esperas serían menos claustrofóbicas.

Los trenes no son más que un conjunto de vidas que entran y salen de la nuestra en cada parada. Miradas que nos dicen que no habrá más oportunidades de hablar, que si nos encontráramos aquí, en este vagón, y estuvieses detrás de mí esperando que el lavabo quedara libre, no te dirigiría la palabra.

Yo soy así, siempre necesito una segunda posibilidad, que suele consistir en dejar que afloren los recuerdos, en revivirlos por segunda vez.

¿Recuerdas cuando la nieve caía como para enterrarnos? ¿Cuando nos íbamos a casa a ver películas de Lee Chang-dong, nos caíamos de sueño y luego nos dormíamos a la mitad?

Lo mejor de vivir en el tercer piso era que las ciudades dormían bajo nosotros, y ninguna se quejaba de los vasos que se te caían al suelo.

—Ten cuidado.

—Lo siento, la próxima vez beberé de la botella.

Por la mañana, los pezones casi siempre se te marcaban debajo de la camiseta.

Eras bella.

Te miraba.

—Los pechos ya no me crecen —decías, y me besabas.

Antes de que me tocaras, me tocaba tu sonrisa, y lo echo de menos.

Demasiados «Me gustaría, pero no puedo», y yo «Me gustaría ir, pero no paso».

No saber nada del otro y no pensar en otra cosa para no pensar en nada.

Follarse sin saborearse, como materias que chocan.

Con los corazones ahogándose en los cajones reservados para los sueños, en los días que no se apagan cuando cerramos los ojos.

Dormir a pierna suelta sin almohada, con las mantas por debajo de las rodillas, y despertar cuando el reloj marca las cuatro por el frío y las ganas de ir al lavabo.

No hay médico competente para tus ausencias, nadie en la ciudad sabe decirme verdades que dialoguen con mis pensamientos.

La vida sigue proponiéndome una vida sin ti y yo la rechazo categóricamente.

Te los fumabas hasta el filtro y te dejabas caer en mi pecho. La hierba te hacía reír de una forma contagiosa.

Me mirabas a los ojos cuando me bajabas el pantalón y me cogías el pene como si fuera un mando de control.

Me mirabas a los ojos, sentada a la cabecera de la mesa, mientras sostenías la taza con las dos manos y te bebías el té a sorbos.

—Creo que te quiero —dijiste.

—¿Hace mucho que lo crees?

—Un poco.

—¿Y por qué no me lo has dicho antes?

—Siempre guardo un detalle para mí —contestaste mirando por la ventana.

Sonrisas vagas, sonrisas educadas, silencios innaturales, cuando decía algo y habría hecho mejor callándome.

Mirar los móviles para no mirarnos a la cara.

Sonrisas vagas, sonrisas educadas, silencios innaturales, cuando el primer año te dije que mis trabajos esporádicos de verano nos quitarían tiempo para estar juntos.

De junio a septiembre trabajaría doce horas al día por mil euros al mes, porque papá como máximo me daba veinte euros a la semana, que se me iban en cervezas y papel.

Cuando Carlo me contrató, yo tenía diecisiete años, pero él no lo sabía. Buscaba a alguien que le lavara los platos en la cocina, y yo un empleo que me garantizara algo de independencia económica y me mantuviera lejos de casa. Cuando descubrió que no era mayor de edad, me dijo que ya lo imaginaba y que, como yo era rápido en la cocina, podía seguir en el puesto.

Iba a trabajar en bus. Los trenes me cabreaban, porque, cuando estaban a punto de llegar, de pronto ralentizaban.

En el amor nadie debería perder

Poco antes del verano, me puse a trabajar otra vez. Carlo me llamó y me dijo si quería ayudarlo en la playa como chico para todo. Le respondí que sí sin pensarlo dos veces, porque necesitaba algo que me mantuviera ocupado.

Me pasé todo el mes de junio en la playa, cargando hamacas y lavando platos, y tuve muy poco tiempo para buscarte y escribirte.

Volvía a casa cansado, me dormía con la ropa de trabajo puesta y, por la mañana, me aseaba y me ponía otra vez lo mismo.

Estar lejos de casa y pensar en ti solo en los tiempos muertos me convenció de que lo mejor era buscar otro empleo para septiembre.

En julio, mi padre empezó a llamar a amigos y conocidos que trabajaban en empresas de la zona. Se lo tomó en serio, porque así lo ayudaría económicamente con los gastos de la casa.

Mientras tanto, me dijeron que habías vuelto a la ciudad de vacaciones, que habías cambiado y hablabas diferente, que casi no habías preguntado por mí, pero sabías que estaba trabajando. Manuel se había quedado en Milán y tú habías venido a la playa, porque en Milán el calor era distinto y no lo soportabas.

Mientras lavaba las tazas detrás de la barra del bar, me presentaban a chicas que nunca adivinaban cuántos años tenía, decían que parecía mayor. Las conversaciones terminaban enseguida. No contestaba a sus sonrisas, porque las relaciones esporádicas me hacían sentir una mierda.

Tienes suerte, porque tú en tu vida nunca follarás sin ti.

En agosto, me despedí.

Le dije a Carlo que era incapaz de presentarme en el trabajo cada mañana, porque no me sentía bien. Él me contestó sin rencor que no había problema, que si lo necesitaba, ya sabía dónde encontrarlo.

Desde ese día no hemos vuelto a hablar.

Yo me fui a un lugar discreto, lejos del centro, a la sombra de sonrisas que no me incumbían, a observar quién lo conseguía esforzándose poco. Convencido de que sin el corazón, las cosas se hacían mejor, cuando luego todo lo que he hecho desde que no estás lo he hecho sin él. Y me he equivocado igualmente.

Nuestro error fue que competíamos a ver quién amaba más y alguien sin fuerzas perdía a la fuerza.

Cuando en el amor nadie debería perder.

Habría que empatar siempre.

¿Recuerdas la última vez que te besé en la frente mientras nos abrazábamos?

Un abrazo torpe, porque no sabías dónde poner los brazos, y te aplastabas la cabeza contra mi pecho cada vez que respirabas hondo.

Si no me agachaba, no podías besarme.

Era verano, veías la tele.

Fuera hacía sol, cruzaba la habitación y la cortaba por la mitad.

El edificio de enfrente de tu casa, con sus grietas, parecía más blanco, más bonito.

Los domingos, las persianas bajadas en los días de bochorno significaban «playa», y en la ciudad se notaba una sensación profunda de soledad.

Aquel día no me querías tocar, acababas de perdonarme.

Y en nuestras grietas no había nada nuevo.

—La sola idea de que otra te haya tocado me da escalofríos, eres un capullo. Y luego dices de mí. Me has hecho sentir culpable por cosas fútiles, cuando tú, a la primera de cambio, te has acostado con otra.

Me dabas la espalda, puede que estuvieras llorando.

Y para ti, que te mostrabas fuerte en cualquier circunstancia, llorar delante de otro era una bofetada.

Respirabas hondo y me dejabas sin respiración.

—Estás muy guapa cuando me rechazas —te dije intentando arreglar las cosas.

Estaba lejos de tus pensamientos, como alguien que te viene a la mente al azar, sin un motivo.

—No te rechazo, es que quiero estar sola un momento.

Me dabas la espalda.

Me dabas.

Me dabas tus ojos.

¿Me ves?

Me dabas tu amor.

Te debo.

A los quince años deseaba un amor a base de miradas y complicidades, por eso me enamoré de tus ojos grandes.

Grandes como la sintaxis de mi existencia, hecha de errores y de páginas mal escritas, de padres ausentes, trenes perdidos, lugares adecuados y gestos erróneos.

Aunque en aquel momento mis problemas eran económicos, las cosas que me faltaban no eran cosas, sino cosas que no eran y que nunca serían.

Durante la adolescencia, cuando me sentía mal, recuerdo que jugaba a algo muy raro: me encerraba en la habitación, apagaba la luz y cerraba los ojos, porque la soledad no tiene sentido si no existe nadie.

A veces funcionaba. Ahora ya no. Cierro los ojos y sigues ahí. Por eso no duermo casi nunca, aunque tenga los ojos bien cerrados, porque la vida se divierte viéndome tropezar con asuntos que creía resueltos.

Me pregunto si podré estar sin ti y mis respuestas cambian continuamente, no son nunca iguales.

Nunca más serás como antes, y yo espero dejar de sentirme mal por ti un día. Estarás lejos, yo seré increíblemente guapo y tú no creerás que me haya acostumbrado a no tenerte a mi lado.

Y aunque fuiste la sensación de que la vida, de repente, quería devolverme algo, al verte ya no me sentiré culpable, porque siempre nos equivocamos, y tardé en comprenderlo.

Lo comprendí cuando las lágrimas empezaban a obstruirme la garganta y llorar en silencio hacía un ruido inmenso de soledad.

No sabes cuánto habría podido darte si me lo hubieras permitido. No sabes cuánto sufría cuando te interrumpías, como si yo no pudiera entender ciertas cosas.

Dejaré de decirte sin hablar que estaba dispuesto a estar ahí por los dos, aunque tú quisieras estar en otro sitio. Estás convencida de que me echas de menos, mientras yo lo espero, mientras sigo tu vida por Facebook, aunque cueste reconocerlo.

Cuesta aceptar que yo haya terminado en uno de esos cajones que nunca te acuerdas de abrir, donde guardas las camisetas que ya no te pones y los pensamientos que escribías cuando te sentías mal.

Me habría gustado decirte que no era de goma, que no estaba hecho de un material insensible.

Dejaré de creer que cuando te cabreabas me gritabas cosas que no pensabas. Antes de dormirme, dejaré de preguntarme «Si sufrimos juntos y sufrimos separados, ¿por qué no estamos juntos?».

No volveré a pedirte perdón por errores que no he cometido, no me disculparé por la persona que no soy.

No me quedaré dentro lo que pienso realmente para no hacerte daño, porque tú nunca me protegiste.

Haré todo lo posible por no verte esperando encontrarte, haré todo lo posible por olvidarte esperando no conseguirlo.

El dolor no ayuda a crecer, el amor no cura las heridas, hace que las olvides, como los besos después de las peleas.

No volveré a sentirme mal por ti.

Un día, estaré bien y tendré una sonrisa tan grande que las personas que lleven tiempo sin verme no me preguntarán «¿Dónde te habías metido?» sino «¿De dónde sales?».

Te amo, aunque preferiría no hacerlo

Te acababas la cerveza y encendías un cigarrillo.

Aspirabas por la nariz.

Nunca llevabas pañuelos.

Encendías la radio, cambiabas de emisora y apagabas la radio.

Con los ojos fijos en la carretera, aunque conducía yo.

En mi cuarto, siempre te sentabas debajo del póster de *Hierro 3*.

Cuando te decía que estaba bien, no quería que me creyeras.

Dejabas el móvil en casa, decías que no lo necesitabas.

Tú, al igual que Ernesto, también preferías la revolución a la medicina.

Tú, al igual que los del Lotta Continua, también creías que el culpable fue Calabresi.

Tú, al igual que Tenco, te enamoraste porque no tenías otra cosa que hacer, y yo te lo dejaba hacer porque me gustabas más que sus canciones.

Te reías cuando te decía que, para mí, los fascistas que vivían en Loreto se sentían culpables.

Me sentía culpable porque si me dejabas de manera definitiva, tendrías razón.

Me lo esperaba, pero me enfadé igualmente.

Cuando utilizaste por enésima vez la misma excusa para dejarme tirado, me puse como una moto. Aquel día le escribí a Anna que no me encontraba bien y que necesitaba hablar con una amiga, y ella me contestó que no tenía nada que hacer y que le parecía bien que habláramos un poco, como en los viejos tiempos.

Antes de conocerte, Anna y yo salíamos con el mismo grupo los sábados por la noche. Nos perdimos de vista cuando tú y yo empezamos a vernos. No te caía bien, sabías que habíamos estado juntos una temporada, que tuve mis primeras relaciones con ella. Cuando Anna me escribía y veías su nombre en la pantalla, decías «¿Y ahora esa qué quiere?».

Ella nunca sintió nada por mí, eso es lo que siempre me dijo.

Luego, cuando me escribiste otra vez y volvimos, durante un tiempo, sin que tú lo supieras, mantuve una relación con ambas.

Lo que no lograba ser contigo, lograba serlo con ella.

Y eso ella lo intuía.

Sabía lo nuestro, pero nunca hablábamos de ello, puede que solo quisiera hacerte daño, porque nuestra amistad se cortó por tu culpa.

Un día, ya no pude más. Le pedí disculpas a ella y a ti te lo conté todo.

Te vendé los ojos y te llevé en moto por la noche a la Dársena.

Durante la semana no pasaba casi nadie por allí, las luces siempre apagadas alejaban a la gente de aquel lugar sacrificado, donde tiempo atrás habían hecho fortuna muchos empresarios, que luego se quitaron la vida en la empresa, poco después de la crisis de 2008.

Los edificios de la zona industrial estaban llenos de salas vacías. Yo limpié e iluminé con velas una de ellas para darte una sorpresa. Por los muebles, debía de haber sido un despacho. Se lo habían llevado todo, excepto un escritorio y un armario. Por el suelo había unos calendarios viejos abandonados.

Me había pasado casi toda la tarde decorándola con fotos que te había hecho mientras dormías. En una que te había tomado desde arriba, se leía la frase que habías escrito en la pared de tu cuarto poco después de dejarlo con Manuel: TE AMO, AUNQUE PREFERIRÍA NO HACERLO.

Cuando amas a alguien, odias su pasado, porque es un lugar que te excluye.

En el momento en que te quité la venda de los ojos y te desvelé el sitio donde te había llevado, sonreíste como en esa foto de tu cumpleaños en la que yo intento besarte mientras tú me tapas la cara con una mano.

—Tú no eres normal —dijiste poco antes de cogerme la cara con las dos manos y besarme.

Abrías la boca y luego la cerrabas enseguida, como si no encontraras las palabras, y te llevabas la palma de la mano a los labios mientras me buscabas con la otra. Hacía frío. Lo tocabas todo como si no lo merecieras.

Había encargado un puzle en la copistería de la avenida Murani. Lo dejé en el suelo, desordenado. Movías las piezas que yo había mezclado y tirado al suelo. Movías las piezas y me preguntabas una y otra vez «¿Qué es?». Te metías las manos entre el pelo para apartártelo de los ojos.

Sentada en el suelo, parecías una niña.

Te quedaste callada, mirándome. Al apartar la mirada un instante, imaginé que luego seguiría encontrando tus ojos ahí, fijos en mí.

No me atrevía a contártelo todo de viva voz, me daba miedo tu respuesta.

En el puzle encargué que escribieran «Perdóname».

Levantaste los ojos despacio.

—¿Qué tengo que perdonarte?

Me encogí de hombros y miré el puzle. Lo habías hecho muy rápido.

—He hecho una tontería.

—¿El qué, Enri?

—Anna —dije en voz baja.

Silencio, tu mirada inmóvil, los ojos como platos, tu expresión mucho antes que tus palabras.

—Llevas años prometiéndome que nunca me harás daño, pero me lo haces, y más que nadie. Esta vez no va a ser así, no quiero oír ni una palabra más, ¡¿está claro?! Te conozco. Ahora dirás que lo has hecho porque echas de menos a tu madre, la meterás en esto, porque siempre lo haces, para conmoverme. Dirás que es culpa mía, porque nunca estoy, porque siempre estoy estudiando y chorradas por el estilo. Las personas no son juguetes que sustituyes cuando te apetece. Esta vez se acabó, en serio. Y si algún día me arrepiento, no olvides que has perdido mi confianza, que la has perdido para siempre. Me voy a casa.

Quería disculparme y no me salían las palabras. Bajé los ojos mientras te ibas. Comprendí que estabas llorando por tu forma de andar, con las manos en los bolsillos y el paso de quien no pensaba ser la primera en escribirme.

—No es que yo me hiciera ilusiones contigo, es que tú me has desilusionado —me dijiste un instante antes de desaparecer.

No es cierto que no hay nada más fuerte que el amor, el miedo a sentirse mal lo es. Te quita las palabras cuando deberías sorprender. Te hace ser el primero en decir «Adiós» por miedo a que el otro se anticipe, te lleva a traicionar a la persona que quieres solo porque está más fría que de costumbre. Solo porque te gustaría que te correspondiera con la misma intensidad con la que le escribes, como si estar juntos significara estar en una balanza.

¿Dónde está escrito que quien lo da todo hace lo mejor?

Yo te lo di todo e hice mal.

Tú querías que te amaran y tener la certeza de que yo estaría ahí siempre. Yo quería que me sorprendieses y no tener miedo de que me sustituyeras.

El sexo no es un pecado, el pecado es separarse por el sexo

Salimos de noche, le había escrito a Anna que no podía dormir, que si le apetecía dar un paseo y hablar un poco. Hacía un calor húmedo y era imposible estar en la cama. Me sudaba la espalda. Dormía con la ventana abierta, pero no entraba nada de aire.

Contestó «Vale», sin añadir nada más. Leí el mensaje sin abrirlo. Siempre había sido una persona de pocas palabras, contenida, oscura como su pelo.

Estuvimos hablando debajo de mi casa hasta las cinco de la mañana. Anna no fumaba y cuando estaba con ella, intentaba fumar lo menos posible, porque le molestaba el sabor. Los dos sabíamos que íbamos a besarnos.

Hay cosas que se presienten.

Que viven debajo de la piel.

Siempre nos habíamos gustado, aunque en el instituto preferimos una amistad sincera a una historia de amor, pensando que nos sería más útil en los momentos difíciles. Pero luego, después de clase, acabábamos en mi casa y follábamos hasta poco antes de que mamá volviera de trabajar.

—El sexo no es un pecado, el pecado es separarse por el sexo —nos repetíamos como para justificarnos, porque nos sentíamos un poco culpables.

Con ella siempre me sentí protector. Cuando te conocí a ti, Irene, nos separamos sin decirnos nada, evitándonos en los pasillos.

—¿Por qué me has llamado a mí en vez de a ella? Ya sabes que no debería estar aquí.

Había llegado el momento de despedirnos, el cielo empezaba a clarear en el horizonte.

Me metí una mano en el bolsillo para coger el móvil, pero en realidad estaba buscando las palabras. Al final, las encontré.

—A veces me gustaría que me aceptaran como soy, sin tener que justificarme siempre. Sin tener que hacer una lista de mis defectos. Me gustaría estar con alguien que llame cualidades a los defectos, aclaraciones a los cabreos. No busco a alguien que me prometa que va a estar siempre, sino a alguien que cuando me equivoque, piense que no será siempre así. Con Irene esto es imposible. En cambio, contigo sí era posible, lo es.

2 DE OCTUBRE

Regional rápido 2122
Coche 2 plaza 64
Próxima parada: Piacenza

Algunas personas son como esas palabras que por sí solas no dicen nada, que no tienen sentido hasta que acaba la frase. Durante años, mi madre creyó que era así. Sola a medias, sin decir nada.

Soy la parte de ti que no sabe esperar

Todas parecen personas amables, la mayoría viajan solas. De vez en cuando, alguien se despierta y mira a su alrededor, como si no supiera dónde está. Algunos leen. El compartimento no está lleno, hay tres asientos libres, uno a mi lado; quizá no sea casual.

Hemos salido hace un par de minutos y el conductor ha anunciado que probablemente recuperaremos el retraso que llevamos acumulado.

El señor que está sentado a mi derecha ha resoplado y ha murmurado algo frunciendo el ceño. No he entendido lo que decía, no me he dado la vuelta a tiempo.

A diferencia de él, yo no tengo prisa. Me importa un pito. Total, estamos destinados a llegar tarde o temprano.

Y como no me apetece mirar por las ventanillas cómo van pasando las luces, para matar el tiempo me imagino que hablo contigo, que te digo cosas que no sabría decirte.

—Mamá, ¿cómo estás?

No me contestas, no puedes contestarme. Por eso hablo yo, como cuando hay poca cobertura y solo oye uno de los dos.

Voy en el tren, estoy resfriado, me dirijo a Milán. He comprado el billete, tranquila, y lo he validado, pero he olvidado los pañuelos y las llaves delante del ordenador, y no me he acordado de decirle a papá que esta noche tampoco vas a volver.

Cuando era niño, mi función era llamar a Gianluca para decirle que llegaríamos tarde. De niño me cogías de la mano y cuando estábamos a punto de perder el autobús, yo salía corriendo y siempre lo paraba. Tú sonreías y luego me cogías otra vez la mano. Quizá por eso, cuando comprendí que te ibas, me limité a mirarte, porque sabía que así ese gesto no acabaría entre los objetos perdidos, entre los jerséis para lavar que luego no encuentras.

Te echo en falta como cuando falta media hora. Te fuiste sin decir nada, un beso en la frente y ya no estabas.

Me decías «No te preocupes» y el abuelo ya no estaba.

Me decías «No te preocupes» y tú ya no estás.

Me decías «No te preocupes» ¿y yo dónde estoy?

Soy la parte de ti que no sabe esperar.

Ya no recuerdo cómo es estar todos.

Me dijeron «Cuando sonríes, eres igual que tu madre» y dejé de hacerlo delante de Gianluca, porque quiero que la nostalgia lo abandone.

Por teléfono nos decimos lo mismo, que estás bien, que el futuro está allí, que estás orgullosa de mí, que me echas de menos.

Cuando era pequeño, todas las mañanas, antes de ir al colegio, te besaba en la frente. Luego, al crecer, dejé de hacerlo, sin motivo.

La última vez que fui al abogado, la secretaria me dijo en la entrada:

—¿Sabes que yo conocía a tu madre?

—Yo también —le sonreí como para decirle «De nada».

Cuando me preguntan por ti, pienso «Ida», porque Trenitalia me ha acostumbrado a asociar la palabra a las vueltas.

Suelo ir en tren, pero ninguno cruza el mar. Yo lo haría, pero aún no lo he hecho.

No estaba previsto, no me sentía preparado, he llorado muy poco después de aquel verano, en silencio, debajo de tus fotos. Las he colgado en la pared, entre mis fotos con Irene del invierno pasado.

Al menos el invierno ha pasado.

Al principio no te caía bien, porque en la mesa nunca se comía lo que cocinabas. Más tarde, con paciencia, sin que te contara nada, empezaste a comprender sus problemas.

Me dijiste «Tienes que apoyarla».

Cuando papá se dormía en el sofá, me pedías que fuera a despertarlo, te decía «Yo dormiré contigo» y acabábamos durmiendo todos en el salón.

Porque amar es formar una piña.

Pero yo estoy bien, no te preocupes.

Me despido porque me resulta difícil hablar contigo y no llevo pañuelos.

Papá ya no se queda dormido en el salón, no sé por qué.

Yo soy de esas personas a quienes les gustaría vivir bien, pero no saben para qué.

No pienses demasiado, no sufras por mí, ya lo hago yo. Adiós, ma.

Cierro los ojos, los abro, los cierro otra vez y al final no recuerdo si están cerrados o abiertos, porque sigo estando solo, como cuando era niño, en mi habitación. El revisor aún no ha pasado y, como siempre que valido el billete, sé que no pasará. El ruido rítmico del tren me acompaña a verte, junto a rostros desconocidos, pasajeros con otras metas, otros destinos, otros sueños y otros objetivos.

Cuando cruzo una mirada con alguien, esbozo una sonrisa, como diciendo que todo va bien.

Pero todo no va bien.

Estoy tenso.

De no haber sido por tu hermana, nunca habría cogido este tren.

—¿Qué hago? —le pregunté mirándola a los ojos.

—Si la echas de menos, ve a verla. Habla con ella.

Llevo horas imaginando nuestra conversación y sé que muchas de las palabras que me rondan por la cabeza no las diré. Me pasé casi cuatro años disculpándome por mensajes. Durante casi cuatro años, lo mejor te lo dije así, sin un contacto real.

Al igual que mucha gente, llegué a creer que Skype anularía las distancias, que WhatsApp sustituiría los tiempos muertos que pasaba pensando en ti, escribiendo mejor los mensajes que contenían palabras que no era capaz de decirte ni siquiera por teléfono, que tus últimas conexiones me confirmarían que pensabas en mí mientras dormía, mientras esperaba. Usaba la tecnología como un incentivo para poder confiar, tus estados como promesas que me hacías a mí.

Consumirse como cigarrillos que se fuman después de asambleas aburridas en salas donde está prohibido fumar.

Y cuando te decía «Te quiero», creía que era la forma más inmediata de hablarte de mis problemas.

La universidad te llevó lejos de verdad.

A Milán.

Preguntarte «¿Eres feliz sin mí?» y oír por respuesta «Yo no estoy sin ti».

Cuando no sabías qué ponerte, estabas desnuda. Cuando no sabías dónde ponerme, estaba desnudo.

Recuerdo que, en un viaje a San Benedetto, te quitaste los zapatos porque te dolían los pies y decías que andando con ellos darían de sí.

Pero estábamos quietos, sentados en un tren regional, con un retraso de quince minutos. Después de un tiempo indefinido, que pasamos en silencio con el teléfono en la mano, dijiste:

—Si algún día vivimos juntos, dormiremos en habitaciones separadas.

—¿Y eso por qué?

—Piensa en lo bonito que es pensar y esperar de noche, cada noche, que la persona amada se despierte, venga a verte y se quede contigo.

Tus sueños eran bastante peculiares. Hablabas poco de ti porque te recordaba los defectos que tenías, poco del amor porque, en realidad, el corazón solo es un músculo.

Eras un muro de hielo, me enseñabas qué había al otro lado, pero no me dejabas pasar.

Culpa mía, porque al principio te dije que te amaría con todo mi ser, y me equivoqué. Habría tenido que decirte que amaría todo tu ser.

Culpa mía, porque cuando me pediste tiempo, una pausa para pensar, follé con otra en vez de gritarte que en el amor no hay pausas.

Yo confundía el panel de llegadas con el de salidas

Al final, me dijiste que lo presentías, que lo imaginabas, que te lo esperabas de alguien como yo, aunque al principio no era así, o quizá te enredé con mis frases de circunstancias.

Y que encima yo aquella noche, cuando Anna se fue, sin el más mínimo remordimiento, te escribí que te echaba de menos, que teníamos que hablar.

Lo que no sabes es que hubo otras noches, que dormimos juntos en varias ocasiones.

Que te mentí, igual que Trenitalia cuando nos dio las gracias por haberla elegido.

Yo confundía el panel de llegadas con el de salidas. Y me quedaba allí preguntándome «¿Cómo es posible?».

Siempre te dejaba la última palabra, porque rebelarse no es siempre una desobediencia necesaria.

Decías «No hay que tener miedo a perder un amor de verdad».

Yo tenía miedo porque no me parecía de verdad.

Eras demasiado guapa para mí. Un archivo de emociones demasiado grande para un corazón como el mío.

Dejaste de hablar del futuro porque no lo imaginabas conmigo. Ya dormíamos en habitaciones separadas, nadie vino, nadie se quedó.

Te entendía.

Sé que no mentías, pero también sé que el amor nos hace decir cosas que no pensamos, y yo delante de ti era incapaz de pensar y el resto del tiempo lo pasaba pensando en ti. Quizá la tecnología banalice el amor, quizá. De no haber sido por los chats, nos habríamos dicho un montón de cosas, como en los minutos previos al primer beso, como cuando nos despedíamos en la vía nueve y hablaba de cualquier cosa para no perderme ni un segundo de aquella espera.

No es cierto que has cambiado y que ya no me quieres. Lo único que sé de ti es que comes poco, que enseguida te duermes y que no usas Skype cuando llevas gafas porque no te gustas.

Te pregunté «¿Qué te gustaba de mí?», contestaste «*Gustaba*» y añadiste que, a diferencia de mí, tú me habías querido desde el primer día y que eso no debía ponerlo en duda por ninguna razón del mundo.

No te respondí, porque, a diferencia de ti, te sigo queriendo desde el primer día y no lo pongo en duda por ninguna razón del mundo.

Uno de los nuestros

Mi madre siempre creyó que las personas hacían lo mejor de su vida antes de cumplir los treinta.

—Piénsalo, Enrico, dime el nombre de uno de tus cantantes favoritos que haya escrito un disco que haya cambiado la historia después de los treinta años.

No supe responder.

Para ella, toda la música que yo escuchaba era pésima, excepto las noches que me daba por *Aida* de Rino Gaetano. Entonces cantaba conmigo sus versos preferidos.

A mi madre le encantaba Rino Gaetano. Decía que a veces pensaba en él como si fuera un viejo amigo, un viejo amor que la había acompañado durante la juventud. Luego sonreía y me contaba que papá se ponía celoso cuando le hablaba de él, aunque le daba vergüenza reconocerlo, que no siempre había tenido tan mal humor, que antes era delicado incluso cuando discutían, que sonreía a cada frase.

Mamá escribía poesías, y también había muchas cartas en su mesa.

Muchas estaban dedicadas a papá, no a Gaetano.

A diferencia de mi madre, yo nunca he sabido escribir, nunca he tenido dotes para la síntesis, no se me dan bien las palabras. De niño, prefería leerlas, me aprendía de memoria las máximas de los libros y las transcribía con un rotulador en las paradas de autobús.

Quería colorear de frases mi ciudad y esperaba que alguien las fuese a buscar para volver a escribirlas en otro sitio.

Por la noche, salía de casa con el rotulador y buscaba paradas de autobús delante de los colegios o en las plazas. Lo hacía con dos compañeros de clase que, a diferencia de mí, eran grafiteros.

Por la mañana, en clase, se estudiaban las letras y las ilustraciones que luego cobrarían vida en las paredes. Había pocos chicos en la ciudad que hicieran grafitis, se podían contar con los dedos de la mano. Me ponía nervioso ver con qué facilidad dibujaban, porque a mí no se me daba tan bien como a ellos. Siempre iban sucios de pintura, y tenían una fijación con el hip hop norteamericano, que a mí me sonaba todo igual.

Ningún adulto imaginaba que de noche firmábamos la ciudad con nuestros nombres.

A Karim y Andrea les caí bien enseguida. Era muy distinto a ellos, pero creían que mi idea de las frases era innovadora.

Estar en la gran ciudad era la meta que más deseábamos, porque habíamos crecido en provincias, donde las novedades siempre llegaban con retraso.

Andrea estaba en contra de las firmas en las paredes, porque según él no expresaban nada. Estaba en contra de destruir el arte del lugar donde vivía. Solo pintaba en las paredes de los edificios que no le interesaban a nadie.

En cambio, Karim se limitaba menos y pintaba en cualquier

espacio en blanco de la ciudad, incluso firmaba con el dedo en los cristales empañados.

En la clase, todos sabían que nosotros éramos los que «ensuciábamos» la ciudad. Firmábamos UDLN, que significaba «Uno de los nuestros», y esas siglas estaban escritas por todas partes en nuestros pupitres. El nombre lo encontré yo, después de ver por primera vez la película en *streaming* en casa de mi tía.

Teníamos poco más de catorce años y nuestros días empezaban cuando oscurecía, cuando encontrábamos una pared en la que escribir, un banco en el que sentarnos a escuchar música por el móvil.

Le decía a mi madre que iba a entrenar, ella me había apuntado a baloncesto. Salía con la bolsa y volvía a casa siempre a la misma hora para no levantar sospechas.

Siempre íbamos en bicicleta, incluso en invierno, cuando los carriles bici estaban helados y quedarse en la calle de noche era una hazaña.

Nos sentíamos como los protagonistas de *El odio*, o de cualquier otra película con tres actores que pasan las noches hablando de cosas más grandes que ellos: Dios, el dinero, las chicas y las instituciones.

Los padres de Karim eran musulmanes. Su padre era iraní; su madre, italiana convertida al islam.

Cuando acabábamos hablando de espiritualidad y religión, él cerraba el tema con un «Dejadlo, chicos», o un «No podéis entenderlo». Se ponía nervioso, porque le hacíamos preguntas que no sabía contestar y no soportaba no estar a la altura de nuestras preguntas.

No era religioso, practicaba para no faltarle al respeto a su padre, un hombre severo que siempre quería tener la última palabra.

Cuando íbamos a verlo a su casa, el padre de Karim nunca entraba en la habitación, lo llamaba desde el salón cada diez minutos y siempre era para reprocharle que no había hecho algo tal y como él se lo había pedido.

Durante el Ramadán, Karim desaparecía, no podía salir de noche porque era el único momento del día en que le estaba permitido comer. Y por la tarde se quedaba en casa, no quería ver a nadie, incluso apagaba el móvil.

Aquellos días yo pasaba mi tiempo con Andrea, quedábamos en su casa y cuando salía el nombre de Karim en nuestra conversación, él empezaba a hablar de religión con desprecio. Decía que, a lo largo de la historia, siempre había dividido a los pueblos y había hecho a las personas menos concretas. Se autodefinía marxista.

—Si Dios nos hizo a su imagen y semejanza —dijo una vez mientras estaba delante del ordenador—, entonces es negro, blanco, oriental, gay, hetero, con barba, llega tarde y cree en el paraíso, ¿no? Y si todos somos iguales, como decía Jesús, ¿por qué en la Biblia está escrito «No desearás a la mujer de tu prójimo», como si las mujeres no desearan?

No tenía nada que responder, yo no sabía afrontar aquel tema porque nunca había pensado en ello. En mi casa, nadie iba a la iglesia los domingos, ni le dábamos las gracias al Señor antes de comer.

Nunca he creído en el Dios del que nos hablan de pequeños, porque a lo largo del tiempo me ha parecido que la religión está llena de contradicciones e hipocresías. Sin embargo, siempre he creído que existe un ser superior sin un nombre concreto y que deberíamos vivir en armonía con el universo, o al menos hacer todo lo posible por conseguirlo.

Que existen energías positivas y negativas que condicionan las opciones de cada uno.

Una persona que siempre es feliz raramente fracasa.

Nunca he creído en la idea de un premio o de un castigo divino, pero sí creo que quien hace el mal un día lo pagará y quien hace el bien tal vez encuentre a alguien agradecido.

Creo que deberíamos amar la vida y considerarnos afortunados, que deberíamos comprender que el mayor bien de una persona es su propia vida.

No le dije nada de esto a Andrea. Él odiaba que lo contradijeran y yo no sabía rebatir sus argumentos. Con él, las conversaciones siempre acababan en discusión si el interlocutor tenía un punto de vista distinto al suyo.

Odiaba muchas cosas: el fútbol, la MTV, a la policía, a los políticos, a sus padres y a nuestra ciudad, que se iba a dormir tan pronto.

Él ya fumaba, era uno de los pocos chicos de catorce que bajaba al patio a encenderse un cigarrillo. Los demás se quedaban arriba, comiendo, asomados a la ventana del pasillo, delante de su clase. Yo lo acompañaba.

Los alumnos mayores no nos molestaban, porque el primo de Karim era conocido en todo el instituto por lo fuerte que daba. Cuando nos cruzábamos con él en los pasillos, se paraba a hablar con nosotros delante de todo el mundo. En el instituto funcionaba así, tenías que conocer a las personas adecuadas para estar tranquilo.

—No soporto las clases sociales, los grupos, el hecho de que a los catorce años no tengamos la mente libre porque nos ocupamos de cosas inútiles que realmente no sirven para vivir. Si por mí fuera, viviríamos desnudos. Odio a Karim cuando se obsesiona con esa gilipollez de la religión, me odio porque no consigo entenderlo. Odio a quien finge ser un amigo, a quien se homologa. Odio a los tardones. No me refiero a los que llegan media hora tarde, sino a los que se dan cuenta demasiado tarde. A los que hieren y luego piden perdón cuando ya no sirve para nada. A los que vuelven de repente cuando has tardado años en olvidarlos. A los que de vez en cuando te miran con ojos de querer algo de ti y te das cuenta de que ese algo no son nunca sentimientos.

Andrea era así, decía cosas muy bonitas y no era consciente de ello. A muchas chicas del instituto les gustaba, pero las alejaba a todas, decía que lo podían distraer de su objetivo. Él quería pasarse los días escribiendo y pintando, no de tiendas con una chica cogida de la mano.

No era cierto y todos sabíamos que era una mentira que nos contaba, que lo hacía porque estaba enamorado de ti, que no te dignabas mirar a nadie porque salías con un chico que estaba a punto de terminar el instituto.

La primera vez que te vi en la estación, fue Andrea quien me dijo tu nombre. Karim también estaba con nosotros.

—¿Ves a esa chica que va corriendo? ¿La que lleva una cazadora roja como su pelo?

—Sí, la veo —dije buscándote entre la multitud.

Por la mañana siempre había mucha gente en la estación. De no haber sido por el color llamativo de tu cazadora, no te habría visto.

—Es Irene Vitale. Desde que llegó al instituto, los chicos no hacen más que hablar de ella, por eso a muchas chicas no les cae bien. Su novio es mayor, y habla solo con él y con alguna amiga que conocía de antes. Es guapa, ¿eh?

Andrea sonrió nerviosamente, nunca hablaba así de nadie.

—No es nada del otro mundo —dije volviéndome hacia la entrada del bar de la estación mientras él te seguía con la mirada.

Mentí. Eras realmente guapa.

El amor es independencia

Los dos primeros años de instituto los pasamos casi siempre juntos.

Cuando me encontraba a alguien en los pasillos o por la calle, siempre me preguntaba «¿Dónde has dejado a Karim y Andrea?», porque todos nos veían como un equipo.

Aquel año nos sacamos a la vez el carnet de ciclomotor y descubrimos las drogas y el sexo. Nos metíamos en la habitación de Andrea, nos tirábamos en su sofá a pasarnos los porros y a hacer planes para el fin de semana.

En el ambiente de las discotecas y de las fiestas que organizaban los de quinto un sábado al mes, empezamos a conocer a chicos como nosotros, a los que les gustaba dibujar, Oasis, el rap y la hierba.

Casi todos iban al instituto artístico y vestían con ropa ancha, excepto Anna, que iba a nuestro instituto, pero estaba en el piso de arriba.

Los primeros dos años pasaron deprisa. Nos reuníamos en la plaza Salara los sábados por la tarde a hablar de nada, convencidos de que lo sabíamos todo. Algunos hasta llevaban rastas. Yo no podía, porque mamá no quería.

Karim empezó a frecuentar los centros sociales, las manifestaciones. Siempre llevaba un pañuelo palestino blanco y negro en el cuello, hablaba de revolución. Decía que la cultura era la única forma verdadera de libertad que nos estaba permitida, que Gandhi tenía razón, que el PKI de Indonesia habría hecho grandes cosas de no haber sido por los estadounidenses. Hablaba mucho de las guerras que los medios de comunicación definían de «religión».

—¿No creéis que si la intención de los terroristas islámicos fuera ir contra la religión católica, ya habrían atacado San Pedro? —dijo en una ocasión—. ¿Por qué Estados Unidos y las Torres Gemelas? ¿Por qué en Occidente solo sufren ataques los países que tienen industrias en Oriente Medio y en África, como Francia e Inglaterra? El único Dios por el que luchan es el Dios dinero. Las guerras de religión las hacemos nosotros, los pobres, en las periferias. Es así, creedme.

Yo creía todo lo que me decía, porque lo decía de tal manera que no podías hacer otra cosa.

Andrea había conocido a Giulia, una amiga de Anna, y se habían hecho novios. Siempre estaban juntos, eran los primeros en volver a casa y muchas noches nos daba plantón para quedarse con ella.

Nunca he comprendido a las personas que viven el amor como si fuera una dependencia. El amor es independencia. Cuando intentaba decírselo, Andrea se ponía nervioso.

—Por primera vez en mucho tiempo, soy feliz. Es como si todo estuviera donde tiene que estar. Dejad de decir que he cambiado, simplemente estoy disfrutando del momento, en serio.

Lo perdimos al cabo de poco tiempo.

Empezamos a verlo menos después de las clases. Siempre tenía algo que hacer, que terminar, nos lo contaba rápido, sin darnos explicaciones. Montaba en su Booster y lo veíamos en clase, al día siguiente. Empecé a sentirme incómodo hablando con él, como si fuera otra persona. Los demás se limitaban a decirme «Un día lo entenderá, no se lo tengas en cuenta». Ya no compraba espráis, compraba hierba y se la fumaba con ella, que siempre tenía la casa libre. Corría la voz de que también había probado la cocaína, que ella la consumía de vez en cuando, en las fiestas; de que, cuando no dormía en casa de ella, volvía tarde y colocado. Yo no me creía esas historias, el Andrea que yo conocía era otra persona.

Una noche, cuando llevábamos dos meses sin llamarnos, me dijo por mensaje que nos viéramos donde siempre, en el lugar donde quedábamos después de cenar para reunir los espráis y examinar los dibujos antes de pintar las paredes.

—Hola, Enri.

Había llegado a la plaza un poco antes que yo. Me esperaba sentado en su Booster, muerto de frío.

—Hola, Andrea, ¿todo bien? ¿Qué ha pasado?

Me acerqué a él, me quité el guante y le tendí la mano. Él bajó de la moto e hizo lo mismo.

Aquella plaza siempre había estado mal iluminada y era un nido de drogadictos, que iban allí a comprar heroína y a pincharse.

—Estoy bien, Enri. No ha pasado nada, tú siempre te preocupas. Me alegro de verte.

Llevaba las manos en los bolsillos y no me miraba a los ojos, miraba a su alrededor. Empezamos a recordar cosas que habían ocurrido en el pasado, anécdotas que nos hacían reír en cuanto aludíamos a ellas.

—¿Por qué no ha venido Karim? —pregunté.

—No podía. —Se puso serio de repente—. Enri, te he propuesto que nos viéramos para pedirte un favor. Necesito cien euros, tengo que cambiar una pieza del motor y, como sabes, no me llevo muy bien con mis padres.

—¿Es verdad que te metes coca?

Trató de negarlo de todas las maneras, lo juró por su familia, pero era evidente que mentía.

Se despidió de mí con un abrazo y al día siguiente le presté el dinero. Cuando se lo dije a Karim, me contó que la semana anterior le había pedido dinero a él usando la misma historia de la pieza del motor que había que cambiar y que él se lo había prestado sabiendo que no se lo devolvería.

Una mañana, en clase, descubrimos que había dejado el instituto.

No lo vi más, ni por casualidad.

Se pasaba el día encerrado en su habitación y no le abría a nadie. Le daba miedo que lo buscáramos para pedirle el dinero que nos debía.

Yo también empecé a salir menos, porque Karim siempre estaba ocupado con las manifestaciones y yo no tenía nada que ver con las revoluciones.

Tal vez ellos fueron mis únicos amigos de verdad, las únicas personas en las que confié antes de ti. Cuando me los encuentro, es raro saber que todo acabó, que aunque nos encerrasen a los tres en una habitación, ya no tendríamos nada que decirnos.

2 DE OCTUBRE

Regional rápido 2122
Coche 2 plaza 64
Tren parado

Me gustaba cuando delante de tu casa, me decías «Puedes entrar», porque significaba que otros no podían. No me gustaba cuando me decías «Puedes irte», porque significaba que otros podían quedarse.

Yo no soy un error

—¿No puedes dormir?

Lo dice el señor sentado enfrente de mí. Un hombre robusto de unos cincuenta años, con algunas canas. Lleva gafas y de vez en cuando se las limpia con un pico de la camisa.

Asiento, no tengo ganas de hablar, preferiría que la conversación terminara aquí.

—¿Cómo es eso? Los asientos no son tan incómodos. —Sonríe, murmura algo más y se pone de pie. Mantiene las piernas separadas.

—Tengo sueño, pero no puedo dormir en los trenes.

Insinúo una mueca que debería ser una sonrisa. Él tiene una risa ancha y acento sureño.

El reloj marca las siete y media de la mañana, somos los únicos que hablamos y podemos despertar a alguien.

Desde fuera entra algo de luz, que le ilumina un poco la cara. Parece una persona simpática. Ya estaba aquí cuando he subido. De vez en cuando me mira a los ojos. No le sostengo la mirada. Me hace sentir incómodo.

—Te comprendo —dice.

Asiento de nuevo.

—No eres de muchas palabras. Perdona que te moleste, es que falta poco para Milán y estoy nervioso, porque voy a ver a mi hija. ¿Sabes cuando eres feliz y quieres decírselo a alguien? Pues eso. Llevo meses sin verla y hace mucho que no voy a Milán. La última vez que estuve tenía veinticuatro años. Salí en coche de Salerno con mi hermano y un amigo suyo. Soñábamos con un sueldo garantizado y un piso de dos habitaciones en Porta Venezia. Eran otros tiempos, aún nos estaba permitido soñar. Eran los años de los atentados y de Craxi, pero a pesar de todo se respiraba un aire distinto. Acabábamos de ganar el Mundial y nos sentíamos invencibles. No nos fuimos solo para encontrar un empleo. Nuestro objetivo principal era vivir una experiencia que luego les contaríamos a nuestros hijos. Los años ochenta no eran el asco de ahora. Tú no debes de saber ni quién es Pertini. Eres muy joven, y hoy en día no aprendéis nada en el colegio.

Sonríe.

Yo también sonrío esta vez, enseñando los dientes.

Muchas veces he pensado que nací demasiado tarde. Que me perdí los mejores años junto a los mejores hombres. Nacer en el 66 para tener dieciocho años en el 84. Estar en plena adolescencia cuando John Lennon se va y unos años después comprender que se quedó. Los años de Slash y Queen. Cuando el progreso era la caída del Muro y el mundo no echaba de menos a Tito. Las televisiones sin filtros. Ojalá hubiera tenido quince años cuando, en la radio, De André nos regalaba *Una storia sbagliata* y Battisti, junto a Mogol, canciones llenas de vida.

Los años en que se aprendían de memoria los poemas en primaria, para crecer un poco poetas.

Épocas lejanas.

Cuando había que quedar para ver de qué color eran los ojos.

Cuando había que escribir cartas para que nos entendieran y nos amasen. Cuando las bombas en las estaciones no empañaban las ganas de partir para ser libres y las ideas revolucionarias nacían en las calles y las universidades.

Cuando aún no se sabía que el futuro nos llevaría a hoy, a este mundo que ya nadie intenta cambiar.

—Soy Enrico, encantado —respondo en tono amistoso—. Y sé quién es Pertini, mi abuelo hablaba mucho de él.

—¡Menos mal! Soy Maurizio, un placer. ¿Cómo es que vas a Milán? ¿Tú también sueñas con un piso de dos habitaciones en Porta Venezia?

Mientras lo dice, bosteza, se lleva una mano a la boca y luego la apoya en la rodilla derecha. Está visiblemente cansado.

—No, nunca viviría en Milán. Demasiado caótico. No puedo dormir en el tren, imagina en una metrópoli. Voy a Milán a llevarle una cosa a una amiga. Luego vuelvo a casa. Tengo cosas que hacer.

Maurizio me recuerda un poco a mi abuelo cuando se ponía a charlar con todo el que le hiciera caso. Su tono de voz era tan alto que nunca sabías si hablaba o gritaba. Noto que lo echo de menos, que no pensar en él no significa no sentir nada.

Aún no hemos recuperado el retraso, pero casi lo prefiero, este hombre no dice cosas previsibles.

—¿Qué es lo que tienes que hacer, Enrico? —Se ha acordado de mi nombre—. Disculpa que te lo pregunte. Es que pareces un chico muy ocupado, que hace mil cosas y no tiene tiempo para nada.

—Vivir —contesto en tono de broma.

—¿El viaje es por una historia de amor?

Por mi expresión comprende que ha acertado.

—Lo era.

Asiente.

Luego sigue hablando.

Lo mejor lo tenías entre las manos

—Mi mujer y yo nos casamos cuando volví de Milán. En parte me había ido por ella. Volví porque la echaba de menos. Había oportunidades, encontré un trabajo. Reconozco que me marché de casa sobre todo porque no quería vivir en una ciudad donde los sueños mueren, donde las personas van solamente de vacaciones. Donde el mar solo existe en verano. Pero, cuando llevaba poco tiempo en Milán, me di cuenta de que yo ya era feliz. Alguien, no sé quién, me había metido en la cabeza que para ser libre bastaba con cambiar de casa, de ciudad. Y así fue como emprendí un largo viaje, cuando en realidad lo mejor lo tenía ya entre las manos. Muchas veces, quien nos dice que se vive mejor en el extranjero nunca ha estado en el extranjero. Muchas veces, quien dice que el dinero no da la felicidad nunca ha tenido dinero. Quizá lo último que he dicho queda un poco fuera de contexto, pero era para explicarme mejor. Te digo todo esto porque tú ahora mismo estás viajando. Y si viajas, eso significa que vas en busca de algo.

Hace una breve pausa.

Yo me limito a escucharlo.

Se toca el bolsillo de la camisa, saca un Nokia negro, un modelo viejo, la pantalla se ilumina de un amarillo verdoso.

Comprueba si alguien le ha escrito, lo guarda y sigue hablando.

El tren ha arrancado hace unos minutos. Creo que quedan dos, como máximo tres paradas. Luego le preguntaré a alguien cuánto falta.

—El caso es que mi mujer y yo llevamos juntos más de veinte años. Melissa nació poco después de casarnos. Por tu aspecto, diría que sois de la misma edad, quizá sea algo mayor que tú.

—Tengo veintiún años.

—Melissa tiene veinticinco. De pequeña ya decía que quería vivir en el norte con su tío, mi hermano; él no hizo como yo y se quedó en Porta Venezia. Se casó poco después que yo. Conoció a su mujer en el trabajo. Cuando le comuniqué mi deseo de volver a Salerno, se cabreó mucho. Me dijo que no tenía huevos y que me arrepentiría. Decía que las relaciones son como las cosas que compramos, que no están hechas para durar. Que no estaba preocupado, porque sabía que volvería. Pero no fue así. Al regresar a casa, encontré trabajo de carpintero y, al cabo de unos años, pedí una hipoteca para comprar una casa. En aquellos tiempos, los bancos aún prestaban algo de dinero. Las personas, primero, elegimos siguiendo las emociones y, luego, justificamos nuestras decisiones en el plano racional. Te aseguro que volvería a hacer lo mismo, no cambiaría nada. Cuando mi hija se fue, no me lo tomé muy bien. Pero, gracias a ella, he entendido que no hay felicidad si no es en detrimento de los demás. Cuando yo me marché, mi mujer no era feliz y yo sí. Y ahora me toca a mí.

Me cuenta que su mujer se llama Giovanna, que se ha quedado en casa con su hermana, que no se encuentra bien. Me habla de las cosas que volvería a hacer, de su hermano y de las primeras borracheras. De su hija, que según él es preciosa; me gustaría verla. Me dice que hace unos años era mejor hacer estos viajes en coche, porque la gasolina era más barata y los trenes tardaban días enteros.

—Enrico, ¿ella sabe que vas?

—No —contesto sin cambiar de expresión, aunque la pregunta me descoloca—. Cortamos hace un año y no hemos vuelto a tener contacto. Cualquier otro, después de tanto tiempo, estaría mejor, pero yo no. No lo entiendo. No la he buscado porque me daban y me dan miedo sus respuestas. Saber que no me ha echado en falta o que le faltó valor para dejarme definitivamente cuando estábamos juntos no me serviría de nada...

Me interrumpe antes de que termine la frase y dice con aire curioso:

—Entonces ¿por qué vas a verla?

—No lo sé. —Sonrío—. Solo sé que necesito que pase algo. He comprendido que ciertas cosas prefiero saberlas sin chocar contra ellas. No quiero seguir preguntándome si me echa de menos. Quiero cerrar esa parte de mi pasado. ¿Cómo le explicas a alguien que lo quieres cerca, pero que al mismo tiempo es dañino para ti? Es mejor que haya terminado, lo sé. Estábamos juntos con el objetivo de encontrar un espacio común, ignorando que los compromisos minan la autoestima. No es amor si nos adaptamos, porque nos anula. Una persona tiene que quererte cerca incluso con tus asperezas. Casi nunca me opuse, porque siempre creí que nos convertiríamos en ese sentimiento que todos los jóvenes desean. Hecho de miradas y complicidades. Donde las soledades recíprocas se consolidan y los defectos no tienen por qué ser imperfecciones o callejones sin salida. Ese sentimiento donde es posible trasladar la fantasía a la vida. Pero no fue así. Durante meses, lo nuestro fue la relación insana y retorcida de dos adolescentes convencidos de que el amor era inmune a las responsabilidades. Seguro que tú lo sabes mejor que yo, Maurizio. Sabes que los elementos no se corresponden cuando existe un sentimiento fuerte. Se corresponden los acuerdos, los pactos. Pero a nosotros se nos perdió ese detalle por el camino. Te pongo un ejemplo. Algunas cosas yo no se las decía, porque me daba miedo que se ofendiera, y quizá ella, muchas veces, no tuvo valor para dejarme por el mismo motivo. Y eso no podía ser, porque el amor, al menos para mí, es un gesto natural. Hablando en plata, si quieres mandarme a la mierda, hazlo, igual que apartas la mano cuando te quemas o apartas los ojos cuando sientes el peso de una mirada. Hazlo y punto. Simplemente, apártate, hazlo. El caso es que no quiero seguir preguntándome si me echa en falta aunque solo sea por error, porque yo no soy un error, porque yo, cuando ella estaba, no falté nunca.

Me callo, miro por la ventanilla.

Siento que he hablado más de la cuenta.

Por unos instantes, nos miramos sin decir nada.

Seguramente no esperaba una respuesta así, pero no parece molesto. Se quita las gafas y vuelve a limpiárselas con un pico de la camisa.

Advierte que aún tengo ganas de hablar. Pero lo evito. Nos quedamos un rato en silencio.

—¿Fumas?

Asiento.

Apoya las dos manos en las rodillas y, con un esfuerzo, se pone de pie.

Estamos en Piacenza.

El sol pica fuerte, pero es una sensación agradable. Antes de bajar, me pone una mano en el hombro.

—No vivas así, te arrepentirás.

No entiendo qué quiere decir. Le sonrío.

Quiero darle las gracias por escucharme, pero no me sale. Ninguno de los dos dice nada durante unos momentos.

En cada bocanada, Maurizio entorna los ojos y mira el cigarrillo.

Milán está cerca, alguien ha dicho hablando por teléfono que es la próxima parada.

A veces se tienen hijos para justificar las relaciones

Después de perder a mi madre, papá se esforzaba por encontrar las palabras, pero solía pararse en mitad de lo que había empezado a decir, casi siempre en el coche. Dejaba el tema a medias y luego era como si se quedara dormido con los ojos abiertos. Miraba la carretera en silencio, incrédulo.

—Enrico, a tu edad, yo en verano me perdía en los bosques con mis amigos. Teníamos una casa en la montaña y mi madre solía llevarme allí, lejos de la ciudad, la primera semana de julio. Decía que lo hacía por mí, para que respirara aire sano, porque a menudo me daba una tos seca. Pero yo creo que lo hacía sobre todo por ella, para desconectar un poco de su familia, que la consideraba una mujer de su casa sin talento, cuando en realidad tu abuela sabía hacer muchísimas cosas, sobre todo sonreír. En la montaña, yo había hecho amigos. Chicos de allí, de mi edad, que me apreciaban más que nada porque, al llegar de lejos, me sentía especial y siempre tenía historias que contarles. Les contaba verdades a medias, hechos en los límites de lo imposible. Que tenía novia, que jugaba en los juveniles del Sampdoria y que en Génova, en mi barrio, todo el mundo me conocía. Que gozábamos de buena posición y vivíamos en una casa unifamiliar, en Albaro. No era cierto, vivíamos en un piso que nos había dado el ayuntamiento, en Begato. No teníamos nada. Hasta los once años, yo no supe que era pobre, porque en mi barrio lo éramos todos. Dormía en una habitación con mis padres, en una casa sin espacios, donde los muebles tapaban las grietas de unas paredes demasiado viejas para vivir entre ellas. Era uno de esos barrios donde no hay luz por la noche y, desde la ventana, todas las calles parecen iguales. Aprendí yo solo todo lo que no te enseñan en el colegio. Los libros no hablaban de madres que lloraban porque la educación costaba dinero. No teníamos ayudas, odiábamos a los polis, íbamos por ahí en bicicleta con una idea fija: estábamos en el mundo para conquistarlo. Por las tardes, no íbamos a la biblioteca, las cosas nos las contaban. Mis amigos y yo robábamos en los supermercados. Lo hacía para demostrarme a mí mismo que valía para algo. Mi padre me zurraba casi todos los días. Cuando conocí a tu madre en el instituto donde él me matriculó en contra de mi voluntad, cambiaron muchas cosas. Ella hacía los deberes, los suyos y los míos, y me convenció para que estudiara y leyese en el campo, durante los descansos de los partidos. A mis padres les gustaba mucho tu madre, siempre me pedían que la llevara a casa y que no hiciera tonterías, porque una persona así solo aparece una vez en la vida. Ella y yo crecimos juntos en el verdadero sentido de la palabra. Perdonaba todos mis errores y todas mis transgresiones. No las usaba contra mí. Cuando me ponía tozudo en una discusión, siempre decía «Las cosas en las que no crees también son ciertas», y tenía razón. Siempre tenía ganas de verla, la quería a mi lado incluso cuando jugaba a hacerse la dura, cuando le daba vergüenza mostrarse celosa. La quería a mi lado aunque solo pudiéramos dormir juntos una hora, cuando nos habría gustado hacer el amor días enteros, aunque se durmiera con mi jersey y nos despertáramos cada uno en su habitación.

Aquella mañana, en el coche, se interrumpió, como siempre, y se llevó el cigarrillo a los labios sin encenderlo. Íbamos a casa de mi tía.

—¿Y luego? —pregunté después de un par de semáforos—. ¿Qué pasó con mamá y tus amigos de la montaña?

Sabía que aquella pregunta no tendría respuesta y que tal vez le molestaría. Le costaba muchísimo abrirse, por eso dejaba a medias lo que decía, como si se arrepintiera.

Él siempre ha sido un hombre cerrado, mientras que yo siempre he sido un chico curioso. Por eso siempre he leído mucho, desmontaba los juguetes para ver si dentro había vida y agotaba a mi madre con tantas preguntas.

No preguntaba cosas del tipo «¿Cómo se tienen los hijos?», porque sabía que lo descubriría y lo entendería con el tiempo.

Yo le preguntaba a mi madre «¿Por qué se tienen hijos?» y ella siempre me respondía con frases de circunstancias.

—Es la vida, cosas que pasan —decía fingiendo una sonrisa.

Y yo pensaba que no siempre pasan las cosas que uno quiere.

En realidad, la mayoría de las veces no pasa lo que queremos.

—Es un acto de amor —añadía.

Y yo me preguntaba «¿Hacia quién?», porque traer al mundo una vida que antes no estaba solo le llena la vida a quien lo hace.

Si nadie me hubiese traído al mundo, seguro que habría sufrido menos y me habría ahorrado todos los «Deberías darme las gracias» de mi padre cada vez que nos peleábamos.

Creo que me trajeron al mundo para sentirse vivos.

Para no sentirse menos que sus familiares.

No estoy de acuerdo con los que piensan que los hijos les deben la vida a sus padres.

Porque a los hijos nadie les preguntó, decidieron los padres y lo hicieron por su propio bien, para sanear una relación.

Son los padres quienes están en deuda con los hijos, no al revés.

—A veces, se tienen hijos para justificar las relaciones —me contestó una noche mi tía, con mucha franqueza.

Ella no tenía hijos y yo me preguntaba cómo podía saberlo, si era algo que sabía todo el mundo y no se lo decía a nadie o si solo era una frase para que yo me callara.

Iba mucho a verla, porque sabía que las respuestas que buscaba no iba a encontrarlas en los libros voluminosos que llenaban el salón de mi casa.

Ella me trataba como yo quería que me trataran.

Siempre era sincera, nunca decía «Tu padre es así, pero te quiere». Decía «Él te quiere así, tienes que aceptarlo».

Lo llamaba «él» porque nunca ha sido un padre para mí.

Y ella lo sabía, se había dado cuenta de que para mí ese hombre era un desconocido.

De que si lloraba no era porque lo echase de menos, sino porque echaba de menos un padre.

Durante años, envidié a los que no tenían padre ni lo habían visto nunca, porque pudieron forjar en su imaginación lo que nunca tuvieron, pensar «Quizá habría sido un buen padre».

Cada persona nace sin algo. Yo nací sin el que me puso en el mundo.

Fue mi madre quien eligió mi nombre.

Porque a él le daba lo mismo uno que otro, sabía que nunca iba a llamarme.

—Un día le darás las gracias por haber crecido sin él —me dijo mamá la noche de mi undécimo cumpleaños, antes de que me fuera a la cama.

Y me fie, porque mi madre me trajo al mundo. Mi padre me enseñó a andar. Mi madre, a estar de pie. Mi padre, que la sangre miente y que no basta con traer al mundo a un hijo para ser padre.

Aquella mañana, en el coche, sin volverse, con el cigarrillo apagado entre los labios, mi padre contestó:

—Y luego ¿qué? Luego naciste tú, y el resto ya lo sabes.

2 DE OCTUBRE

Regional rápido 2122
Coche 2 plaza 64
Próxima parada: Milán

—¿Qué es el amor? —fue la pregunta.

—El amor es una caja de galletas de mantequilla. ¿Recuerdas las galletas que van en esas cajas metálicas azules? ¿Que cuando las ves en el salón, piensas «galletas», pero cuando abres la caja encuentras alfileres y botones? Para mí el amor es eso, esperas una cosa y te encuentras con otra —fue la respuesta.

Buena suerte, Enrico

Mi tía me ha enviado un mensaje.

«Cuando llegues, dime algo. Pórtate bien.»

El reloj marca las 9.25. Hemos recuperado el retraso. Llegaré a Milán dentro de cinco minutos.

Acabo de leer el mensaje y, cuando levanto la mirada, Maurizio me sonríe con un gesto de despedida.

—Buena suerte, Enrico.

Coge sus cosas y sale del compartimento. Lleva la chaqueta colgada del antebrazo. Por fin verá a su hija.

El tren ralentiza la marcha. Una voz grabada anuncia que hemos llegado a Milano Centrale y que no hay que abrir las puertas antes de que el tren se detenga.

Los pasillos se vacían. Se oyen ruidos que antes no había: las cremalleras de las maletas cerrándose, las puertas de los compartimentos, niños que se despiertan, personas que le dicen a alguien por el móvil que han llegado.

A esta hora, seguro que estás durmiendo. No sueles quedarte en casa el sábado por la noche. Te trasladaste precisamente porque te ahogabas.

El tren se para. Las puertas se abren y los pasajeros empiezan a bajar de uno en uno, como hormigas. Una voz electrónica dice «Milano Centrale».

La hija de Maurizio es muy guapa. Lo está esperando en el andén.

He reservado un hotel cerca de la estación. Dormiré un par de horas, daré una vuelta por la ciudad y esta noche te llevaré el motivo por el que estoy aquí.

«Acabo de llegar, todo bien. Luego haré alguna foto y te la mando. Sé que te gusta Milán, pero no vienes a vivir aquí porque te sientes vieja. P. D. Yo también estoy bien.»

Desde que he puesto los pies en Milán, ha aumentado la sensación de que estoy a punto de hacer una gilipollez.

Al llegar al hotel, dejo el carnet de identidad en la recepción. Me dan una tarjeta que se supone que es una llave y me dirijo a mi habitación, en el tercer piso.

Abro la puerta, una cama de matrimonio llena casi toda la estancia, que es pequeña y está medio vacía. Dejo caer la mochila en el suelo y me tumbo.

De pronto, me puede el cansancio y necesito dormir. Antes de cerrar los ojos, me digo «Hasta ahora, Ire».

Quizá yo tampoco esté

He soñado que te morías.

He soñado que ibas en el coche con unos amigos.

Sentada detrás, en el lado derecho.

Al chico que conducía no lo había visto nunca. Tú mirabas hacia fuera y no escuchabas, sujetabas el bolso entre las rodillas, tenías una expresión sombría. En cambio, los demás hablaban animadamente, hacían una lista de los conocidos licenciados que se habían ido al extranjero.

Berlín y Sidney.

Alguien se reía.

En el coche, nadie pensó que igual tú solo querías irte a casa. Cuando ponías esa cara, era porque querías estar sola, pero Giulio, el amigo que iba al volante, no lo sabía.

Sé su nombre porque alguien, después, lo repitió varias veces. Alguien chilló, tú también lo hiciste si no recuerdo mal.

Luego no sé qué sucedió, solo vi los restos de un accidente de tráfico, acompañados de voces atemorizadas.

Y tú ya no estabas.

Te he alargado la vida.

Abro los ojos.

La habitación está oscura. Debo de haber dormido todo el día.

Sigo vestido, tengo que cambiarme. Estoy tendido boca arriba con los brazos extendidos.

Se filtra una luz amarilla por la ventana del cuarto de baño. Tengo la mirada perdida, pegada al techo.

Pienso que el hotel es extrañamente silencioso, es como si no hubiera nadie en las demás habitaciones. Quizá yo tampoco esté.

Si muriera en este instante, durante un rato no habría muerto nadie. Ni siquiera para ti.

Me tengo que duchar e irme, estoy perdiendo mucho tiempo en chorradas. Si llego tarde, quizá no estés en casa.

Esta es la ciudad de los aperitivos. Vi escrito algo así en el cartel de un anuncio de licor, en la estación. Seguro que anoche tomaste el aperitivo en algún sitio, porque tú no rechazas ninguna invitación.

Hablo como si te conociera, cuando en realidad ha pasado un año.

Hablo como si tú, sin mí, no pudieras hacer.

Se me han terminado hasta los cigarrillos. Bueno, me queda uno. Me lo fumaré en cuanto salga de aquí.

El olor de las toallas de hotel no me gusta nada. Un olor a piel que se te queda pegado. Entro en la habitación con la cara mojada y me la seco con una camiseta que no voy a ponerme. Mañana a esta hora ya estaré en casa.

Pienso que si hubieras estado aquí, me habrías regañado, me habrías dicho que tenía que haberme traído una toalla de casa y yo, con tal de evitar discusiones, te habría sonreído para darte la razón.

Me convencí de que sonriéndote podía eliminar tus dudas, tus incertezas, las guerras con tu cuerpo. Pero yo no tenía sonrisas tan grandes.

Si llegas a tener los ojos azules, quizá habrías tenido dentro el cielo, pero tienes los ojos negros, profundos.

Tú, cuando sonríes, ¿me echas de menos?

Cuando le sonríes a él como hacías conmigo, ¿qué sientes?

¿Recuerdas nuestras miradas escondidas, las veces que nos regalamos una sonrisa sin motivo?

Para mí, eres como cuando oigo mi nombre y me doy la vuelta.

Cuando te miraba, pensaba «Ha pasado algo».

Es como si dentro de mí hubiera una lista de personas, situaciones y recuerdos en los que mi pensamiento se detiene, mucho o poco rato, al menos una vez al día.

Y yo, cada día, cada vez que cojo el teléfono, pienso en cuando me equivocaba al marcar el código de cuatro cifras que bloqueaba tu iPhone y te molestabas, porque decías que nunca me acordaba de nada. Yo replicaba que era culpa tuya, porque eras demasiado complicada, y tú jugabas a no dirigirme la palabra.

Mi padre dice que cuando bromeamos, siempre hay un fondo de verdad.

No hace frío. En Milán, en octubre aún es verano.

—Perdón, ¿para ir al metro de la línea verde?

—Entra en la estación —me responde un chico de mi edad— y lo verás enseguida, no tiene pérdida.

—Tengo que ir a Lambrate.

—Coge el metro en dirección a Gessate.

Decido que encenderé el cigarrillo en cuanto llegue a Lambrate, para relajarme.

Estoy tenso.

Para mis estándares, voy bien vestido. Tú te darás cuenta, luego me mirarás, señalarás el sobre y preguntarás «¿Qué es?».

Sigo pensando como si te conociera.

Nosotros nunca estuvimos en estos metros llenos de cercanías que no requieren valor. Ni siquiera cuando vinimos a ver a The Kooks, porque íbamos en coche. El coche no te permite vivir la ciudad, el metro sí.

En el metro estás dentro de una ciudad, en sus órganos vitales.

Me gusta ser turista, porque la gente suele ser amable. Una chica me ha dicho que faltan dos paradas.

El tiempo pasa sin que yo me dé cuenta. De tanto estar con el teléfono en la mano, ya no levanto la cabeza.

Quizá, dentro de unos años, la tecnología me tendrá tan atrapado que te escribiré durante horas aunque vivamos a pocos minutos. Ya hoy, de no ser por Facebook, perdería la mitad de mis recuerdos y amistades y más de la mitad de nuestras discusiones.

Ya no discutiremos sobre el pasado, la guerra, esa historia que no es solo nuestra, pero que es nuestra historia. Los bares serán aplicaciones donde quedar y las sensaciones serán las acciones.

Será el 1984 de Orwell.

Me da un poco de miedo.

A veces me gustaría irme, pero soy esclavo de las convenciones, esclavo del telediario, que me recuerda que las guerras aún están lejos de mi casa.

A veces, me gustaría que alguien se enamorase de mí, con la barbilla apoyada en las manos, sin que yo diga nada. Hay que hacer tantas cosas para sobrevivir que ya no sé cómo es vivir.

A veces, he creído que el amor era como la autopista Salerno-Reggio Calabria, donde no es posible hacer un tercer carril.

Hace poco, leí que el tamaño del estómago varía en función de la cantidad de comida que recibe. Y pensé que tal vez el corazón actúa de la misma manera, que hace lo mismo con las emociones.

Que hay muchos corazones delgados, como en la posguerra.

Que tal vez, en nuestras habitaciones alquiladas de universitarios, iluminadas por las pantallas de nuestros portátiles, no entenderemos nunca que ser solteros y estar solos no es una pasada. Lo que es una pasada es ir cogidos de la mano toda la vida.

Eras una paz violenta

Lambrate está poco iluminado.

Tú vives aquí.

Aquí, la noche es silenciosa.

A saber cuántas veces habrás mirado esta rotonda y habrás esperado estos autobuses.

Te gustaba mucho andar, pero sin duda habrás hecho concesiones para explorar una ciudad demasiado grande incluso para ti.

Hay poca gente en la calle.

Fumo, me tiembla la mano.

Estoy tenso.

Pienso en todo para intentar no pensar en ti, pero lo eres todo y estás en todo.

Me saco el teléfono del bolsillo.

Le escribo a tu hermana «Estoy aquí, luego te cuento» y releo su mensaje «Cuando llegues a Milano Centrale, coge la línea verde de metro y baja en la estación de Lambrate; desde allí hay cinco minutos a pie hasta casa. Cuídate y buena suerte. P. D. Mantenme informada».

Cada paso pesa.

Tengo miedo, como quien va a la guerra solo.

El corazón corre, yo ando despacio.

«Está en casa, acabo de escribirle. Buena suerte, Enrico. P. D. Manuel no está.»

Pocos me llaman Enrico. Tú me llamabas «Eh», «¿Me oyes?», «Ven aquí».

Yo te llamaba Ire, o Paz, según el momento. Eras una paz violenta.

No sé cómo estará decorada tu casa, si habrá algo mío que digas que es tuyo y solo tú lo sepas. Algo que te recuerde mi nombre.

Estoy impaciente, como la primera vez que hicimos el amor.

¿Me tratarás igual cuando me veas?

Yo te decía continuamente «Tranquila, si quieres paro».

Tú no, tú no me retendrás.

27.

Es tu edificio. Doy un paso atrás, achico los ojos y trato de averiguar cuál podría ser tu ventana.

Si estás sola.

Pero desde aquí es imposible saberlo.

Llamo al azar a un timbre del portero automático.

—¿Quién es?

—Perdón, me he olvidado las llaves. ¿Puede abrirme?

Cuando me olvidaba las llaves de pequeño, siempre lo hacía. Mis vecinos sabían que era yo, porque era el único del bloque que tenía esa voz tan infantil y olvidaba las llaves tan a menudo. Por la noche, algunos dejaban la puerta abierta para que no los molestaran. Después de cenar, papá no estaba casi nunca, porque salía, y mamá, si la molestaba, luego se pasaba días reprochándomelo. Ella era capaz de repetirte las cosas cien veces. Y, por no oírla, más de una vez dormí en el portal.

El portal se abre.

Han dudado un poco antes de abrir.

Subo la escalera, me paro en cada puerta y leo el nombre en la placa, sin encender la luz.

Segundo piso.

Vitale.

Tú vives aquí.

Toco el timbre sin pensarlo, porque tengo miedo.

—¿Por qué llamas? ¿No has cogido las llaves?

Tus palabras atraviesan la puerta blindada. Tu voz me resulta tan familiar que me gustaría contestarte «¡No! Me las he dejado en casa».

Pero no hablas conmigo. Ya no soy siquiera una idea.

Abres.

Tu expresión es de desconcierto. Tienes los ojos fijos en mí y yo no sé dónde mirar.

Te apoyas en la puerta y la entornas un poco, como si fuera un escudo.

Nos quedamos un instante callados. Es un silencio que había previsto.

Llevas unos auriculares muy grandes en el cuello. ¿Qué estabas escuchando?

Tienes el pelo corto, pero igualmente te cae sobre los ojos. Has adelgazado.

Notas que te miro el cuerpo y me dejas ver lo menos posible. Ahora solo entreveo una rodilla.

Por fin has encontrado un lugar donde nadie te dice cuánto

debes comer. Donde nadie te pregunta por qué te encierras en el cuarto de baño.

Pero ¿él te mira?

¿No ve que pierdes las hojas?

Es como si dentro de ti fuera otoño.

Llevas una camiseta que te llega por debajo de las rodillas.

Manos pequeñas.

Tenías grandes proyectos.

Tan hermosa que te querría solo para mí.

—¿Se puede saber qué haces aquí? —dices con suficiencia—. No pienses que te voy a dejar entrar.

Creía que me cerrarías la puerta en las narices, pero estás aquí, me miras esperando que diga algo, que te dé un motivo para hacerlo.

—No quiero entrar —contesto con unas cuantas heridas.

Suspiras con aire desafiante.

—Entonces ¿a qué has venido? —Levantas la voz lo suficiente para mantenerme alejado y no molestar a los vecinos.

Para ti, la vida siempre ha sido así: dentro o fuera, sí o no, blanco o negro, de izquierdas o de derechas. No existen las medias tintas para ti.

El tono de tu móvil llena nuestros breves silencios, como en el pasado.

Por un instante, no ha cambiado nada.

Te están escribiendo un whatsapp.

—No hace falta que levantes la voz, solo he venido a traerte algo, ya me voy.

Bajas los ojos y los alejas.

A saber qué estarás pensando.

—Ire, no es un regalo, sé que vives con él.

No sé decir su nombre.

Asientes.

—Está bien —dices rápido, como si quisieras cambiar de tema.

Te tiendo el sobre.

Lo coges.

Nuestras manos se rozan.

Tú evitas el contacto.

—¿Qué es? —preguntas abriendo más los ojos.

Te sujetas el pelo detrás de la oreja y la puerta ya no te hace de escudo, porque tienes las manos ocupadas. Realmente, estás más delgada, pero ya no te importa que te mire.

—Si quieres, léelo —digo, y me vuelvo hacia la escalera para irme, pero tu voz me sigue.

—Espera... ¿cómo estás?

Estoy que les doy vueltas a las cosas y nunca llego a un punto. Estoy que quisiera un poco de libertad y solo encuentro caos. Estoy que no tiene sentido cómo estoy, porque me gustaría presenciar tus éxitos solo para volver a verte.

Porque dormir solo no significa ser libre, la misma frase dice qué significa.

Porque me ha llegado el rumor de que sonríes con frecuencia.

Estoy que Gianluca se ha recuperado un poco y puedo aspirar a una vida normal, aunque las cosas normales siempre me han dado asco, excepto las películas de Castellitto, que tanto te gustaban, igual que los libros de su mujer, que definías como «tradicionales».

Estoy que las cosas pasan y dejo que pasen, que no quiero estar y que me gustaría ser para alguien.

Seguramente para ti.

Me vuelvo y contesto sin mirarte:

—Estoy bien, ¿y tú?

—Me alegro. Yo... no sé cómo estoy —respondes, sincera.

Alzo la mirada y tú apartas otra vez los ojos.

Evitas cualquier tipo de contacto.

No sé dónde mirar.

Mis ojos no se posan en ninguna parte.

¿Cómo es que cada gesto que hago se transforma en un gesto de amor?

—¿Por qué no lo sabes?

Quiero saberlo, por eso estoy aquí.

—Hui para dejar atrás el pasado, pero siempre me lo encuentro delante, no sé cómo estoy. En este momento me siento inútil. Y no es propio de ti hacer algo así.

Hablas como si me conocieras.

Como si la sintaxis de mi existencia solo fuera lo que he hecho por ti.

Me llamas «pasado».

—Mejor sentirse inútil que utilizado. El caso es que te veo cambiada.

—Yo a ti te veo bien.

Me ves bien, ¿y cómo es que te echo de menos?

Me miras unos instantes.

—¿Puedo decirte una cosa? —preguntas sin dejarme contestar—. A veces pienso en ti y quizá a veces aún te quiero.

Sonrío a medias y me gustaría abrazarte, pero tú eres un muro de hielo, me enseñas lo que hay al otro lado, pero no me dejas pasar.

—Bueno, gracias —añades con una sonrisa neutra.

—No es un regalo, simplemente son cosas que tienes que saber. Yo a veces no pienso en ti, a veces no te quiero. Adiós, Paz.

—Adiós.

Te despides con la mano. Esa mano que me gustaría apretar, como cuando nuestro sudor se mezclaba.

Vuelves a coger el escudo. Cierras la puerta mientras desvías un instante la mirada. Yo me adentro en la oscuridad, tú retomas tu vida. Yo tomaré el metro.

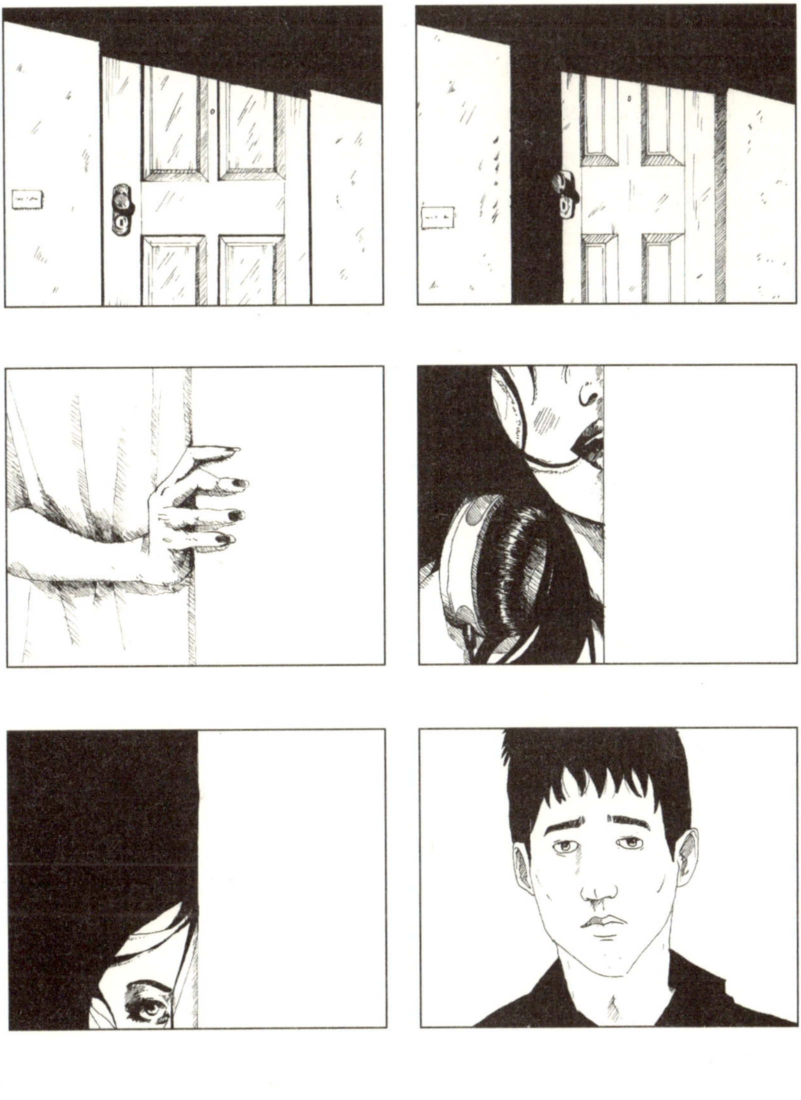

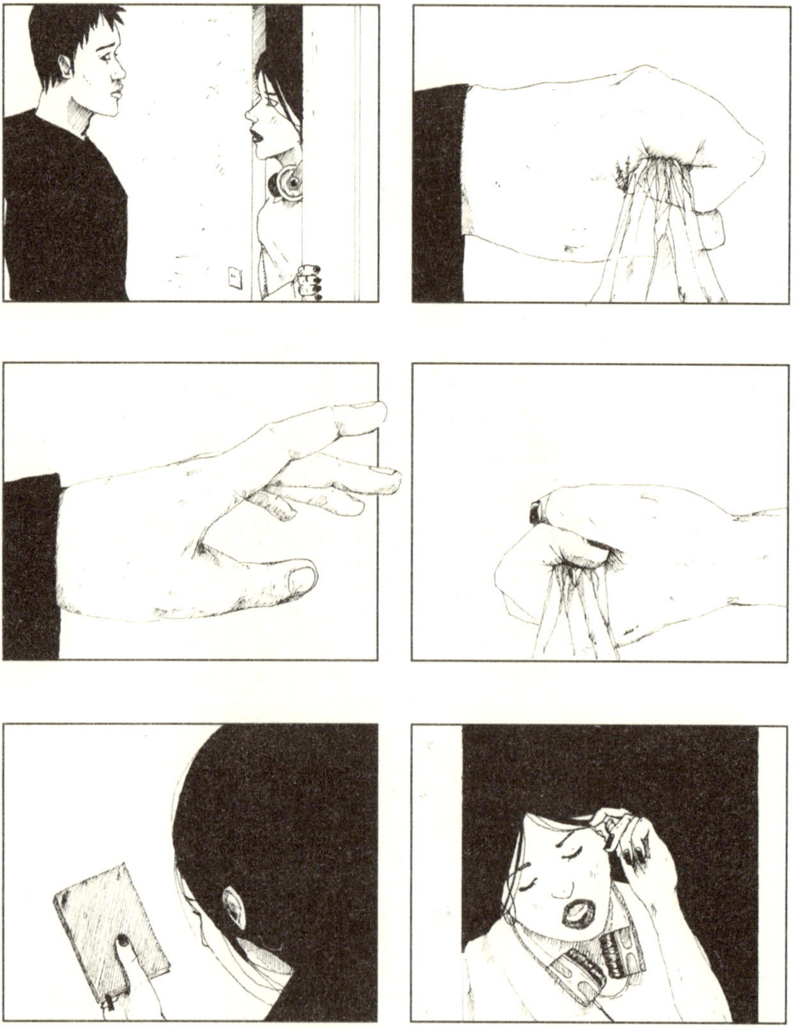

Yo te echo más de menos

El reloj marca las 22.22.

Pienso un deseo.

Me encamino al metro. Busco los cigarrillos y recuerdo que se me han terminado. Doy unos pasos y me cruzo con él.

Manuel.

Va por el otro lado de la calle, está volviendo a casa. Mira hacia delante. Lleva auriculares, escucha música y avanza a paso rápido.

Puede que te eche de menos.

Yo te echo más de menos.

Cuando llegue a casa, ¿le dirás que he ido? ¿O te lo guardarás para ti, como haces con las cosas que dices que son tuyas pero son mías y solo tú lo sabes?

Me apoyo en la pared, lo observo y sé que yo nunca seré así. Me siento en el suelo, con la espalda apoyada en la pared y las piernas cruzadas.

El cielo me acaricia la cabeza. Saco el MP3 del bolsillo, me pongo los auriculares.

Luigi Tenco, *Se stasera sono qui*, si esta noche estoy aquí.

Lo miro un instante más mientras busca las llaves para abrir el portal. Me vuelvo hacia el final de la calle y estallo en un llanto ruidoso.

Un llanto que no quiere seguir guardándoselo todo dentro.

Estoy triste, no estoy enfadado.

Pienso que podría dormir aquí esta noche, para dormir cerca de ti, pero no me atrevo.

Sé que no te veré más.

El móvil vibra. Me ha llegado un mensaje. Es de mi tía.

«No me siento vieja. La próxima vez iré yo también. Acabo de leer una frase de Tolstói que quiero compartir contigo: "Si quieres ser feliz, empieza". Dale recuerdos a Irene. Pórtate bien, Enrico.»

Tarde o temprano nos abrazaremos

He decidido que voy a ir a verte, saldré el 2 de octubre.

No sé si recuerdas qué significa para nosotros esa fecha. Hace tres años, el concierto al aire libre de De Gregori que cancelaron por la lluvia. ¿Te acuerdas? Nosotros nos quedamos en Bolonia mientras todos huían atemorizados del agua, que caía cada vez más fuerte. Mal equipados y empapados, dando vueltas todo el día por la ciudad, sin planes, como cuando te sientas en un banco y pasa una tarde entera.

Fue una de las pocas veces que no discutimos. Éramos besos llenos de lengua y manos que se cogían fuerte. Debajo de los soportales, cantábamos a voz en grito versos de canciones que en realidad no nos sabíamos. Palabras inventadas y dichas a medias.

Tus sonrisas llenas me pedían que no te dejara sola. «Anda, canta», decían cuando me interrumpía, avergonzado.

No había casi nadie en la calle. Nadie a quien fuéramos a volver a ver. «Mas te amo, te amo, te amo» gritabas contra el cielo con los ojos cerrados.

«Soy pesado...» dejé de cantar un momento, te volviste hacia mí y dijiste con expresión seria «Te amo».

—¿Qué? —pregunté. Me habías pillado desprevenido.

—Lo has oído perfectamente.

Y echaste a correr, llevándome contigo.

Subimos al tren de las 22.06, que era el último hacia casa.

—Tú eres como yo —te dije antes de quedarme dormido.

—¿Y tú cómo eres? O sea, ¿yo cómo soy?

—Tú, o sea yo, eres como esas verjas automáticas tan altas, que solo se abren si tienes el mando a distancia, pero que se quedan abiertas si estás cerca. Como las puertas de los ascensores, que no se cierran si alguien se queda en medio, aunque solo sea con una mano. Pero cuando se cierran, no es fácil abrirlas y si estás dentro, ahí te quedas. Ya ves, yo soy así. Y yo también «Te amo, te amo, te amo».

Cuando me volví hacia ti, ya estabas dormida. Una vez más, había llegado tarde. Al mirarte, me acordé de que no habíamos comprado los billetes. Y me pasé el viaje despierto, protegiéndote del revisor.

Al llegar a la estación, vino mi padre a recogernos. Me cogías la mano delante de él, cuando no solías hacerlo nunca, porque te daba vergüenza. Te llevamos a casa, porque tu madre te esperaba, estaba enfadada porque habías llegado tarde y no contestabas al teléfono.

Antes de bajar del coche, dijiste «Lo he oído todo. Gracias, Enrico» y te despediste de mi padre con un leve beso en la mejilla.

No lo sabes, y quizá ni te lo imaginas, pero ahora papá sale con otra mujer. No sé quién es, nunca la he visto. Todavía no sube a casa cuando estoy yo. Digo «cuando estoy yo» porque cuando le dije a papá que dejaba el trabajo, le sentó fatal, y hasta quería buscarme otro. Entonces comprendí que, cuando no estoy, ellos aprovechan para quedarse en casa. Cuando viene, aparca aquí abajo, toca el claxon como si no existieran los porteros automáticos y papá cambia de expresión al instante, se levanta de un salto del sofá y se despide como lo haría un padre de un hijo, poniéndome una mano en la cabeza sin sentirse cohibido. A veces, me da palmadas afectuosas en el hombro. A veces, no vuelve. Está fuera hasta dos días. No lo espero. Yo no soy mamá. Vuelvo a casa de la biblioteca y lo encuentro en la cocina, despreocupado y feliz. Se disculpa por tan larga ausencia, alude a extraños imprevistos y al exceso de trabajo. Yo suelo cambiar de tema para evitar situaciones incómodas. Luego huye. Es más fuerte que él.

Una noche, me contó que mamá, en el instituto, tenía una inteligencia superior a la media y que quería estudiar Derecho, pero luego cambió de opinión, porque se quedó embarazada.

—Quería dedicarte tiempo —dijo en tono amable.

Hace tiempo, me preguntó si pienso volver a estudiar y si me he matriculado en la facultad. Le dije que sí. Después, sin pensarlo, le conté que tengo intención de ir a verte. No le dije que habíamos cortado, pero creo que lo intuyó. Hace meses que no te ve y nunca hablo de ti. Me contó que mamá y él se separaron en la época del instituto, porque discutían mucho y él era poco serio.

—Tu madre y yo no nos soportábamos. En los pasillos, discutíamos delante de todo el instituto y ella casi siempre entraba en clase llorando. Yo hacía el tonto con todas y ella se enteraba por sus amigas. En todo el instituto, mejor dicho, en toda la ciudad, no había chica más guapa que tu madre. Para todo el mundo, yo era el novio de Alda Magnani. No tenía nombre. Solo era el que la hacía llorar, el cabrón de ojos claros que la había enamorado y que no la mere-

cía. Me dejó en abril del último año de instituto. Aquellos días, siempre estaba pensando en ella. Pero no quería saber nada de mí. Le mandaba a mis amigos y ella les decía que me había olvidado y que no quería seguir sintiéndose mal. Al terminar el instituto, los exámenes y los orales, se fue de vacaciones con su familia a Maiori. Yo jugaba al fútbol todos los días para no pensar en ella.

»Bebía. Un día, a mediados de julio, encontré una carta en la cama. La dejó alguien que la había encontrado en el buzón. Normalmente era tu abuela la que repartía las cartas por la casa cada mañana temprano. A mí nunca me escribía nadie, por eso me sorprendió. Reconocí al instante la letra. Era tu madre. En una hoja rayada, que tal vez arrancó de un cuaderno, me escribió "Estoy embarazada" en el centro de la página y nada más. Al día siguiente, salí hacia Maiori en tren. Cuando llegué, ella me estaba esperando, lo supe porque estaba asomada a la ventana y miraba a lo lejos.

»Y luego nos volvimos juntos. Es una de las muchas cosas que no sabes. En fin, si vas, hazlo para ser feliz, sin remordimientos. La verdad es que yo ya no echo de menos a tu madre, lo que echo mucho de menos es cómo era yo cuando estaba con ella.

Me alegro de que mi padre tenga esos ojos cuando habla de mamá, me alegro de que haya tenido el valor necesario para volver a empezar con otra mujer sin ocultarlos. No siempre es fácil. Muchas veces, lo único que queremos es sentir que somos importantes para alguien. Sé que será el padre que yo siempre he deseado con su nueva familia, que cuando ella se quede embarazada, sus ojos perderán la luz que aún tiene el nombre de mi madre. Pero también sé que ese día yo también estaré a su espalda, y me alegraré por él, por ese hombre al que nunca he visto sonreír por un gesto mío. Y quién sabe, quizá ese día me atreva a preguntarle «Papá, ¿me quie-

res?» sin temor a conocer la respuesta. En mi vida, yo nunca he tenido respuestas.

Cuando era pequeño siempre me decían que con el tiempo lo entendería, que cuando fuera mayor sería más fácil solucionar los problemas, pero luego descubrí que con la mayoría de edad nos volvemos completamente tristes, que vivimos con la esperanza de que alguien regrese o no se vaya, o de que aparezca un desconocido y resuelva el caos de nuestra vida. Cortar fue como cuando nos ponemos las gafas para ver mejor las cosas. Quizá fue la única respuesta sincera que fuimos capaces de darnos.

¿Cómo lo hacías para que siempre te dieran escalofríos? Cuando hacíamos el amor, jadeabas como si te costara respirar. Sudabas en silencio y tu cuerpo, cuando lo besaba, tenía un sabor salado. Nuestros proyectos empezaban como bromas. Te decía sonriendo «Mira que vamos de verdad» y, en mi habitación, la luz se quedaba encendida hasta tarde mientras organizábamos viajes lejanos.

Dejabas el móvil en el escritorio y te quedabas dormida. La pantalla se iluminaba y el número que no habías grabado te escribía cosas tiernas, frases llenas de adjetivos y de «Espero verte pronto». Se te había olvidado que me sabía el PIN de tu móvil y que de noche dormía poco, porque solía despertarme constantemente, acostumbrado como estaba a las constantes peleas de mis padres. Te quería, pero no te lo quería decir más.

Necesitabas a alguien que no era yo. Y quizá sea mejor que la persona que yo no era sea la persona que no seré nunca. Porque no hay nada peor que tener la posibilidad de cambiar un día y luego ver que te vas con alguien que no soy yo.

Cogías el teléfono, te apartabas un poco para que yo no viera la pantalla y escribías mensajes breves. Mis miradas cambiaban sin que tú te dieras cuenta. Las explicaciones que me dabas cuando, de repente, tenías que irte no te las creías ni tú. Te despedías con un beso rápido y te marchabas con la seguridad de que me encontrarías donde me habías dejado.

Y tenías razón.

Anna y yo no nos llamábamos nunca. Nos encontrábamos en calles secundarias, nos rozábamos las mejillas para saludarnos y acabábamos en su habitación, de una manera tan cruda que luego me inventaba una excusa para huir de su casa y escribirte que me había dormido otra vez delante de la tele. No es que me creyeras, es que no te importaba. Y pensaba en nuestras primeras relaciones. Cuando temblabas porque te metía la cabeza entre las piernas y te lamía como lamías mi paladar en cada beso.

Los e-mails que recibías de noche y las respuestas que escribías me mantenían despierto.

«Te llamé para decirte que he llegado, que Milán es muy bonito, que hace frío pero no demasiado y que lamento que hablemos tan poco. Esta mañana pensaba que habría podido amarte si hubiera llegado antes. Espero verte pronto. Manuel.»

«Que habrías podido ¿cuándo? ¿En el pasado? En todo caso, podrás en el futuro. No contesté porque estaba en la ducha, lo siento. Imagina mi voz cuando te escribo algo, así no tendrás dudas. ¿A qué hora estás libre? Igual te llamo. He estado pensando que es muy raro echarse de menos y no pertenecerse. Vuelve pronto. Tarde o temprano nos abrazaremos. Irene.»

«Tarde o temprano nos abrazaremos», concluías todos los e-mails con esta frase.

Para mí era tranquilizadora, porque significaba que todavía no os habíais visto. Alejados por una fuerza mayor.

Y te preguntarás «¿Por qué no me lo dijiste antes?».

No te lo dije porque cuando os llamabais me tratabas mejor. Y, aunque parezca absurdo, eso es lo que yo quería de ti. No te lo dije porque no quería que te fueras con él. Cuando te conté lo de Anna, esperaba que me hablaras de Manuel, pero me equivoqué. Creí que sería algo automático, que todo se resolvería contándonos la verdad. Pero tú te aprovechaste. Para ti, el hecho de que yo te hubiera traicionado era una cuestión de revancha moral. Una excusa para seguir con lo que ya estabas construyendo a mis espaldas.

«Tarde o temprano nos abrazaremos», escribías. Y eso fue lo que más me hirió de todo.

Lo que hice fue más que nada una estrategia, una manera de empezar de nuevo y dejar los escombros a mis espaldas. Cuando te dabas cuenta de que el cielo era un pretexto para mirar hacia arriba y no dejar que cayeran las lágrimas, me preguntabas «¿Qué te pasa?», y yo te contestaba «No me pasa nada», pero esa respuesta lo decía todo y a ti no te importaba.

El capullo era yo, que te había traicionado en un momento de debilidad. El capullo era yo, que te había contado tantas mentiras. No sabes cuánto me habría gustado que nos quisiéramos de una forma más ordenada. Como las historias que terminan porque la gente ya no se ama y no porque igual aman a otro. Deseé que las vidas que me inventaba de noche fueran tan reales como lo que le escribías a él. Y créeme, nunca habría escrito estas palabras si tu hermana no me hubiera convencido para que te llevara algo de mí que aún no conocías.

—Ella cree que lo sabe todo de ti. Descolócala, tú eres mucho más que eso —me dijo y, por una vez en la vida, decidí escuchar a alguien que no soy yo.

Tú este dolor no lo conoces. Las noches boca arriba, con las manos debajo de la almohada, sin dormir. Los mediodías sin comer. Las paranoias de las que acabas haciéndote amigo. Las grandes expectativas que al final te decepcionan y te desintegran. Que terminan y punto.

Fuimos como los productos en las estanterías, destinados a ser residuos. Construcciones inacabadas, llenas de cosas escritas que nadie leerá. Hoteles sin clientes, tapiados para ahuyentar a los drogadictos que tiran las jeringuillas a la playa.

Los periódicos escriben en primera página que hay otras urgencias, pero, para mí, el hecho de no poder seguir orientándome en el mapa de tu piel es más importante que cualquier guerra en Oriente que el pueblo no gane.

Me faltan tus frases, que llenaban mis días iguales. Cuando puedo, uso el afecto de los demás para olvidarte, pero luego dejo de hacerlo. Si puedes, protégeme de abrazos. Si puedes, mátame, como cuando me cortabas la respiración. De todas formas, este sitio me derrotará.

Eras mi primera persona del plural. Vivo esperando la segunda persona del singular mientras todo el mundo asegura que el tiempo cura las heridas. Pero el tiempo pasa despacio y pasa de mí.

«No hay separación definitiva mientras exista el recuerdo», ¿re-

cuerdas? Cada mirada puede ser la tuya mientras te busque. Te he querido así, no con los «para siempre», sino con los «mientras». Y mientras sufra, te quiero para siempre. Y es culpa mía si sufro con una intensidad superior. Si mido en emociones y no en kilómetros las distancias. Estás a cuarenta minutos en coche de aquí, pero estás a cuando cierro los ojos, a cuando para crear un vacío entre los pensamientos miro un punto y tropiezo con un libro que me prestaste y todo vuelve a empezar desde el punto en que me dejaste. Recibir pocos mensajes durante la semana y esperar que te hubieras acordado de mí, mientras que a él le escribías nada más despertar, cuando no tenías ganas de salir. Saber que tardarás y esperarte sin ninguna sorpresa.

El 2 de octubre, como los ríos, nos encontraremos y seremos como las entradas que se transforman en salidas.

Estas son las cosas que no sabes de mí.

Quizá habría cambiado algo si hubiera sido más valiente.

Quizá me habrías elegido a mí.

SEIS MESES DESPUÉS

Milán Lambrate

21.18 horas

Llego tarde

Nunca quise un amor que me hiciera sentir vivo, porque un amor así me habría matado. Pero luego apareciste tú.

Sigues fumando los mismos cigarrillos

Me esperas de pie, delante del portal.

Con ropa fina. Confías en que la primavera no tardará este año, como siempre he hecho yo. Te muerdes el labio inferior.

Sigues fumando los mismos cigarrillos. Winston Blue. Lo agitas con la mano al saludarme.

Igual que la última vez, te miro el pelo. Te lo has cortado. Te tapaba las orejas, no las recordaba tan pequeñas.

No vienes hacia mí, te quedas quieta.

Hace tiempo nos habríamos reído, me habrías pedido que me diera prisa acusándome de hacer siempre igual.

Me miras y, ahora que estoy más cerca, insinúas una sonrisa amable.

Noto una sensación muy rara entre el cuello y el estómago que no me deja en paz. Tú, en cambio, pareces muy tranquila.

O quizá sabes fingir muy bien.

Esta vez he venido porque me llamaste tú. Me pediste que nos viéramos y te dije que iría yo, porque tenías exámenes.

En casa, si nos hubieran visto juntos, se habría corrido la voz y alguien me habría escrito preguntándome si habíamos vuelto.

No sé qué me quieres decir, pero esta vez te toca hablar a ti.

—¿Andamos un poco? —dices, y te tiembla la voz.

Tiras el cigarrillo y me abres paso.

—Vamos a comprar tabaco y dos cervezas al final de la calle. Esta mañana he ido a la compra y en casa hay de todo.

Ya no te tiembla la voz. Me dices que me dejarás subir y yo no digo nada.

Te observo a escondidas cuando te distraes. Y tú finges que no te das cuenta mientras pienso que con esto de no comer, se te marcan todos los huesos.

Pero tú sigues hablando, porque quizá te pesan mis miradas y no quieres que me dé cuenta porque podría decir algo.

Andas deprisa y empiezas a hablar.

—Creía que te habías olvidado de Bolonia, De Gregori, la lluvia y aquel «Te amo» dicho a traición. Habíamos hecho el amor por primera vez unas semanas antes y yo era tan ingenua que creía que eso bastaba para amar a alguien. Que una vez superado aquel obstáculo, después no habría más. No era la primera vez que lo hacía con alguien. Como sabes, antes de ti estuve con Manuel. Pero tú eras distinto y te quería de verdad.

»A mí siempre me había costado quedarme, porque para mí no tenía sentido estar solamente con una persona en un mundo tan amplio. Pero noté que, de pronto, el mundo se había reducido a una persona que solo tenía ojos para mí. Aunque fue como si me engañaras, porque al cabo del tiempo no volviste a mirarme como aquella vez. Y entre las cosas que nunca te he pedido en voz alta, está una de aquellas miradas.

»En aquella época, volvía a casa y me preguntaba dónde te habrías metido, mientras tú solo pensabas en fumar y hablar de tus padres, como si mis batallas fueran menos importantes. Respetaba tu dolor; en cambio, tú minimizabas el mío. A Manuel me lo encontré por casualidad una noche. Al principio, no lo reconocí, llevaba una bufanda que le tapaba media cara. Me acompañó a casa y, al cabo de una semana, me escribió para preguntarme si estaba bien, porque me había visto baja de moral.

»Pero no volvimos a vernos hasta que me dejaste. Es verdad que nos llamábamos, pero nunca nos tocamos mientras tú y yo teníamos una relación. No tenía ni idea de que lo supieras. Si me hubieses dicho algo, creo que habría dejado de escribirle al instante. Pero no, la única vez que me hablaste de verdad fue para decirme que te habías acostado con otra y que querías que te perdonara. Lo pretendías. ¿Cómo crees que me sentí después de eso?

»Sé que no sabes qué contestarme, porque no lo has pensado ni una vez, queda claro en lo que has escrito. Lo más gracioso es que al Enrico de Bolonia, de De Gregori, de octubre, volví a verlo hace unos meses. Cuando te entreví detrás de la puerta, pensé que siempre haces lo mismo. Vuelves cuando creía haberte olvidado para confirmarme que no es posible. Vuelves a deshacer la cama de certezas donde duermo. Siempre actúas como si fuera culpa mía, cuando habría sido suficiente que te pararas una sola vez en dos años a preguntarme si todo iba bien, en vez de justificar mis ausencias pensando "Ella es así". Un momento. Espérame aquí, voy a por las cervezas y vuelvo.

Das media vuelta y entras.

Cuando cierras la puerta, te giras y miras hacia abajo.

Noto más fuerte esta sensación tan rara entre el cuello y el estómago, no puedo ni hablar.

Como si algo dentro de mí me estuviera estrangulando.

Contraigo los hombros.

Enciendo un cigarrillo.

Pienso «Eres un gilipollas».

Me cepillas la espalda con la mano y dices:

—¿Siempre tienes que ensuciarte?

No me había dado cuenta de que habías salido de la tienda.

—Perdona.

Y me miras como diciendo que no entiendes a qué me refiero.

Nos tratamos como viejos amigos.

Me cortas el paso y acercas tus hombros a los míos.

Tapamos los silencios con bromas obvias que no nos hacen reír, pero nos reímos igualmente.

Hablamos de cosas pasadas que fingimos no recordar y recordamos perfectamente.

Eres bella, Irene, incluso cuando intentas ser mi amiga.

El portal está abierto.

Subes corriendo la escalera y me dices que me dé prisa.

Buscas las llaves en el bolso mientras lo sujetas con una pierna. Abres y dejas la puerta abierta, te quitas los zapatos y me invitas a hacer lo mismo.

Cuelgas el bolso en el perchero. Enciendes la tele y la apagas al momento.

Miro a mi alrededor y busco algo mío, pero no hay nada.

Vives en un piso de dos habitaciones. La cocina da al salón y para ir al lavabo hay que pasar por el dormitorio.

Tienes todas las ventanas abiertas para que corra el aire. De vez en cuando, las puertas golpean.

—Siéntate —me dices señalando el sofá.

Abres una cerveza, la echas en un vaso.

—¿Quieres un poco?

Digo que no.

Aplastas el cigarrillo en el cenicero y lo dejas en la mesa. Lo acababas de encender. Me miras a los ojos y vienes hacia mí. Cuando estás a un paso, casi en medio de la sala, te levantas un poco la falda, separas las piernas y te sientas en mis rodillas.

No dices nada.

No digo nada.

Respiras fuerte.

Pones mis manos en tus caderas y te muerdes el labio inferior.

No bajas la mirada en ningún momento.

Esperas que haga algo, pero no me sale.

Yo también separo las piernas, notas mi excitación y empiezas a besarme dulcemente.

Abres un poco los labios.

—¿Dónde está Manuel?

—Está fuera, volverá dentro de dos días. Hemos discutido, últimamente no hacemos otra cosa.

Finjo desinterés.

Estás excitada.

Te subo el jersey y tienes los huesos agudos, estás chupada. Cuando levantas los brazos, las costillas aún se te marcan más.

Con un gesto que me resulta familiar, te desabrochas el sujetador, te tiemblan las piernas.

No ves que te miro con curiosidad, en busca de cambios.

Te beso los pechos, tienes los pezones duros.

Te tiendo en el suelo y debajo de la falda no llevas nada. Empiezo a besarte entre las piernas.

Me pones una mano en la cabeza.

Llegas.

Cuando me acoges por completo dentro de ti, cierras los ojos y te estremeces.

Es todo muy raro, tú no me quieres; por la intensidad con que me besas, está claro que solo deseas mi carne, y yo no opongo resistencia.

Emites sonidos que no recordaba.

Sientes placer.

Desde fuera, llegan ruidos que no puedo acallar.

Nos dormiremos exhaustos.

De lado, como después de una dosis de heroína, cerca uno del otro.

Para mí, no será suficiente, porque en el *cerca* aún existe una distancia.

No dices nada.

No digo nada.

Respiras fuerte.

Está bien así.

Porque cuando hablamos es cuando nos hacemos daño.

Tienes los pies fríos y te suda la frente.

Te apartas el pelo suave.

Estás encima de mí.

Te miro como a los techos.

Somos muy distintos tú y yo. Cualquiera que nos vea nunca diría que hemos compartido una parte tan importante de nuestras vidas.

Tú baja.
Yo alto.
Tú Ligabue.
Yo Oasis.
Tú odias el mar en general.
Yo el de mi ciudad.
Tú sabías que pasaría esto.
Yo lo deseaba.
Te echo en falta.
Yo no soy lo que le falta a tu vida.
Te da miedo enamorarte otra vez.
Me da miedo no enamorarme más.
Te suena el móvil.
No contestas.
Este momento es nuestro secreto.

Adiós, Irene

Estás durmiendo y no te quiero despertar, aunque nos hemos despedido y dicho adiós tantas veces que una más no cambiaría nada. Al leerme, pensarás que me he aficionado a las cartas, porque últimamente solo te digo las cosas así. Pero esta hoja rayada pegada a la nevera con un imán es una forma de decirte que el domingo me marcho. Me voy a Nueva York con mi madre. Mi padre está de acuerdo y ella me espera.

Te prometo que te mandaré una postal.

Esta hoja es una forma de decirte que volver a verte me ha hecho comprender muchas cosas. He comprendido que puedo alejarme, que me tomé demasiado tiempo para estar mal mientras tú vivías tu vida y elegías otras opciones. Voy a vivir una experiencia, y no creas que lo hago por ti, que me voy porque si te tengo cerca, acabaría cayendo otra vez.

Ha sido bonito volver a verte. He llorado un poco mientras dormías, cambia las fundas de las almohadas. Te miraba, jodidamente guapa, como siempre, despojada de mentiras y certezas, pero, a diferencia de las otras veces, para mí no eras ningún sentimiento. Y he pensado en una frase de mi madre que escribí en un banco de la plaza Salara la noche que descubrí que te habías ido a Milán: ama a quien quieras, pero no ames a quien no te quiere. Quizá la leíste, porque en verano ibas allí a fumar por la tarde, al volver de la playa. Mamá tenía razón y yo lo he comprendido ahora, después del enésimo intento.

A pesar de todo, espero que tengas la suerte de encontrar al hombre de tu vida. Espero encontrar yo también a esa persona a la que cuando le escriba «Se acabó» me conteste «¿Volvemos a empezar?», que no me espere debajo de casa pero cambie mi punto de partida.

Espero que encuentres a alguien que te pregunte «¿Estás bien?» cuando tus sonrisas no sonrían. Alguien que estalle en carcajadas imprevistas y felices. Alguien que vea en ti una alfombra de arena tras años de mar abierto. Porque no hay nada más bonito que el optimismo confuso y el sexo practicado con el anhelo de que se transforme en amor.

Espero encontrar a alguien que no tenga los ojos puestos en el móvil para no mirarme a la cara cuando sigo mis instintos. Alguien que sea más fuerte que yo y me lo demuestre sin levantar la voz. Que adivine el tono de mi voz por cómo escribo. Alguien que se quede incluso cuando no cambie nada. Espero encontrar a quien me quiera a su lado por todas las noches que me ha quedado algo, nunca alguien.

Ni yo he sido esa persona para ti, ni tú lo has sido para mí.

Cuídate, Paz.

Un abrazo del ENRICO aficionado a DE GREGORI

JUNIO

Nueva York
15.53 horas (italianas)

13 de junio de 2015

Hoy que todo el mundo escribe e-mails, he recibido una carta de Italia.

Tiene un perfume familiar.

Una letra que conozco.

Estoy embarazada.
Irene

Agradecimientos

Les doy las gracias a mis hermanas por soportarme.

A mis sobrinos, que cuando escribo me preguntan si pueden leer.

A mi padre, aunque nunca me escuche.

A mi madre, que está fuera.

A mis amigos queridos, que como máximo son cuatro.

A quien me ha regalado un abrazo y a quien, en esta etapa difícil de mi vida, no me ha reprochado mis ausencias.

A Mondadori, a mi editor y a los libros que he leído este último año.

A Antonio Riccardi por la oportunidad que me dio con aquella tarjeta que todavía guardo.

Les doy las gracias a los que han llegado hasta aquí, hasta el final del libro, y están leyendo estas palabras.

Yo también espero tener un día una vida normal, donde los padres sigan juntos, donde pueda amar a quien quiera, donde el dinero no determine nada, donde no sea nunca demasiado tarde.

Índice

Luego ya no hablamos más. 17
Tú para mí ya no eres nadie 20
Somos consecuencias 23
Tenías grandes proyectos y las manos pequeñas 27
Si dos quieren estar juntos, lo consiguen. 30
Winston Blue. 37
El amor habla en voz baja. 43
En París la primavera no existe 49
Me llamo Enrico Pezzi 54
Ya no sé más. 63
Yo era un tres; tú, un nueve 69
No sé adónde, pero juntos 75
Eres el pasado que llevo encima 79
Si supiera lo que me falta, tendría todas las respuestas. . . . 89
Tú valías más 93
Me llevas por donde quieres, te llevo en el corazón 98
No sufras por mí, ya lo hago yo 100
Te habría querido incluso sin amor. 103
Moriré y no saldré en los periódicos 107

Se rindieron 113
El amor es estar ahí, la felicidad es acompañar 118
El amor no promete resultados 120
Hasta que la vida nos una 124
Fuimos silencio, fuimos ruido 127
Cuando me mirabas me sentía alguien 132
Sentirse mal no cambia el resultado 137
Siempre guardo un detalle para mí 143
En el amor nadie debería perder 147
Te amo, aunque preferiría no hacerlo 152
El sexo no es un pecado, el pecado es separarse por el sexo 157
Soy la parte de ti que no sabe esperar 163
Yo confundía el panel de llegadas con el de salidas 168
Uno de los nuestros 170
El amor es independencia 177
Yo no soy un error 185
Lo mejor lo tenías entre las manos 189
A veces se tienen hijos para justificar las relaciones 194
Buena suerte, Enrico 203
Quizá yo tampoco esté 205
Eras una paz violenta 210
Yo te echo más de menos 220
Tarde o temprano nos abrazaremos 222
Sigues fumando los mismos cigarrillos 235
Adiós, Irene 242
13 de junio de 2015 247

Agradecimientos 251

Si quieres saber todo sobre ELLAS síguenos en:

ellasdemontena
@ellasdemontena

Encontrarás información de todas nuestras novedades,
noticias de nuestros autores, compartirás opiniones con
otros lectores y muchas sorpresas más.

Y si quieres saber todo sobre nuestras novedades,
únete a nuestra comunidad en redes.

SOMOS INFINITOS:

Somos Infinitos
@somosinfinitos
@somosinfinitoslibros

Novedades, autores, presentaciones,
primeros capítulos, últimas noticias...
Todo lo que necesitas saber en
una comunidad para lectores como tú.
¡Te esperamos!